„BÜCHER SIND WIE FALLSCHIRME.
SIE NÜTZEN UNS NICHTS, WENN
WIR SIE NICHT ÖFFNEN."

Gröls Verlag

Redaktionelle Hinweise und Impressum

Das vorliegende Werk wurde zugunsten der Authentizität sehr zurückhaltend bearbeitet. So wurden etwa ursprüngliche Rechtschreibfehler *nicht* systematisch behoben, denn kleine Unvollkommenheiten machen das Buch – wie im Übrigen den Menschen – erst authentisch. Mitunter wurden jedoch zum Beispiel Absätze behutsam neu getrennt, um den Lesefluss zu erleichtern.

Um die Texte zu rekonstruieren, werden antiquarische Bücher von Lesegeräten gescannt und dann durch eine Software lesbar gemacht. Der so entstandene Text wird von Menschen gegengelesen und korrigiert – hierbei treten auch Fehler auf. Wenn Sie ebenfalls antiquarische Texte einreichen möchten, finden Sie weitere Informationen auf www.groels.de

Viel Freude bei der Lektüre wünscht Ihnen das Team des Gröls-Verlags.

Adressen

Verleger: Sophia Gröls, Im Borngrund 26, 61440 Oberursel

Externer Dienstleister für Distribution & Herstellung: BoD, In de Tarpen 42, 22848 Norderstedt

Unsere „**Edition | Werke der Weltliteratur**" hat den Anspruch, eine der größten und vollständigsten Sammlungen klassischer Literatur in deutscher Sprache zu sein. Nach und nach versammeln wir hier nicht nur die „üblichen Verdächtigen" von Goethe bis Schiller, sondern auch Kleinode der vergangenen Jahrhunderte, die – zu Unrecht – drohen, in Vergessenheit zu geraten. Wir kultivieren und kuratieren damit einen der wertvollsten Bereiche der abendländischen Kultur. Kleine Auswahl:

Francis Bacon • Neues Organon • **Balzac** • Glanz und Elend der Kurtisanen • **Joachim H. Campe** • Robinson der Jüngere • **Dante Alighieri** • Die Göttliche Komödie • **Daniel Defoe** • Robinson Crusoe • **Charles Dickens** • Oliver Twist • **Denis Diderot** • Jacques der Fatalist • **Fjodor Dostojewski** • Schuld und Sühne • **Arthur Conan Doyle** • Der Hund von Baskerville • **Marie von Ebner-Eschenbach** • Das Gemeindekind • **Elisabeth von Österreich** • Das Poetische Tagebuch • **Friedrich Engels** • Die Lage der arbeitenden Klasse • **Ludwig Feuerbach** • Das Wesen des Christentums • **Johann G. Fichte** • Reden an die deutsche Nation • **Fitzgerald** • Zärtlich ist die Nacht • **Flaubert** • Madame Bovary • **Gorch Fock** • Seefahrt ist not! • **Theodor Fontane** • Effi Briest • **Robert Musil** • Über die Dummheit • **Edgar Wallace** • Der Frosch mit der Maske • **Jakob Wassermann** • Der Fall Maurizius • **Oscar Wilde** • Das Bildnis des Dorian Grey • **Émile Zola** • Germinal • **Stefan Zweig** • Schachnovelle • **Hugo von Hofmannsthal** • Der Tor und der Tod • **Anton Tschechow** • Ein Heiratsantrag • **Arthur Schnitzler** • Reigen • **Friedrich Schiller** • Kabale und Liebe • **Nicolo Machiavelli** • Der Fürst • **Gotthold E. Lessing** • Nathan der Weise • **Augustinus** • Die Bekenntnisse des heiligen Augustinus • **Marcus Aurelius** • Selbstbetrachtungen • **Charles Baudelaire** • Die Blumen des Bösen • **Harriett Stowe** • Onkel Toms Hütte • **Walter Benjamin** • Deutsche Menschen • **Hugo Bettauer** • Die Stadt ohne Juden • **Lewis Caroll** • *und viele mehr....*

Heinrich Heine

Memoiren

1854

Ich habe in der Tat, teure Dame, die Denkwürdigkeiten meiner Zeit, insofern meine eigene Person damit als Zuschauer oder als Opfer in Berührung kam, so wahrhaft und getreu als möglich aufzuzeichnen gesucht.

Diese Aufzeichnungen, denen ich selbstgefällig den Titel „Memoiren" verlieh, habe ich jedoch schier zur Hälfte wieder vernichten müssen, teils aus leidigen Familienrücksichten, teils auch wegen religiöser Skrupeln.

Ich habe mich seitdem bemüht, die entstandenen Lakunen notdürftig zu füllen, doch ich fürchte, posthume Pflichten oder ein selbstquälerischer Überdruß zwingen mich, meine Memoiren vor meinem Tode einem neuen Autodafe zu überliefern, und was alsdann die Flammen verschonen, wird vielleicht niemals das Tageslicht der Öffentlichkeit erblicken.

Ich nehme mich wohl in acht, die Freunde zu nennen, die ich mit der Hut meines Manuskriptes und der Vollstreckung meines Letzten Willens in bezug auf dasselbe betraue; ich will sie nicht nach meinem Ableben der Zudringlichkeit eines müßigen Publikums und dadurch einer Untreue an ihrem Mandat bloßstellen.

Eine solche Untreue habe ich nie entschuldigen können; es ist eine unerlaubte und unsittliche Handlung, auch nur eine Zeile von einem Schriftsteller zu veröffentlichen, die er nicht selber für das große Publikum bestimmt hat. Dieses gilt ganz besonders von Briefen, die an Privatpersonen gerichtet sind. Wer sie drucken läßt oder verlegt, macht sich einer Felonie schuldig, die Verachtung verdient.

Nach diesen Bekenntnissen, teure Dame, werden Sie leicht zur Einsicht gelangen, daß ich Ihnen nicht, wie Sie wünschen, die Lektüre meiner Memoiren und Briefschaften gewähren kann.

Jedoch, ein Höfling Ihrer Liebenswürdigkeit, wie ich es immer war, kann ich Ihnen kein Begehr unbedingt verweigern, und um meinen guten Willen zu bekunden, will ich in anderer Weise die holde Neugier stillen, die aus einer liebenden Teilnahme an meinen Schicksalen hervorgeht.

Ich habe die folgenden Blätter in dieser Absicht niedergeschrieben, und die biographischen Notizen, die für Sie ein Interesse haben, finden Sie hier in reichlicher Fülle. Alles Bedeutsame und Charakteristische ist hier treuherzig mitgeteilt, und die Wechselwirkung äußerer Begebenheiten und innerer Seelenereignisse offenbart Ihnen die Signatura meines Seins und Wesens. Die Hülle fällt ab von der Seele, und du kannst sie betrachten in ihrer schönen Nacktheit. Da sind keine Flecken, nur Wunden. Ach! und nur Wunden, welche die Hand der Freunde, nicht die der Feinde geschlagen hat!

Die Nacht ist stumm. Nur draußen klatscht der Regen auf die Dächer und ächzet wehmütig der Herbstwind.

Das arme Krankenzimmer ist in diesem Augenblick fast wohllustig heimlich, und ich sitze schmerzlos im großen Sessel.

Da tritt dein holdes Bild herein, ohne daß sich die Türklinke bewegt, und du lagerst dich auf das Kissen zu meinen Füßen. Lege dein schönes Haupt auf meine Kniee und horche, ohne aufzublicken.

Ich will dir das Märchen meines Lebens erzählen.

Wenn manchmal dicke Tropfen auf dein Lockenhaupt fallen, so bleibe dennoch ruhig; es ist nicht der Regen, welcher durch das Dach sickert. Weine nicht und drücke mir nur schweigend die   Hand.

Welch ein erhabenes Gefühl muß einen solchen Kirchenfürsten beseelen, wenn er hinabblickt auf den wimmelnden Marktplatz, wo Tausende entblößtem Hauptes mit Andacht vor ihm niederkniend seinen Segen erwarten!

In der italienischen Reisebeschreibung des Hofrats Moritz las ich einst eine Beschreibung jener Szene, wo ein Umstand vorkam, der mir ebenfalls jetzt in den Sinn kommt.

Unter dem Landvolk, erzählt Moritz, das er dort auf den Knieen liegen sah, erregte seine besondere Aufmerksamkeit einer jener wandernden Rosenkranzhändler des Gebirges, die aus einer braunen Holzgattung die schönsten Rosenkränze schnitzen und sie in der ganzen Romagna um so teurer verkaufen, da sie denselben an obenerwähntem Feiertage vom Papste selbst die Weihe zu verschaffen wissen.

Mit der größten Andacht lag der Mann auf den Knieen, doch den breitkrempigen Filzhut, worin seine Ware, die Rosenkränze, befindlich, hielt er in die Höhe, und während der Papst mit ausgestreckten Händen den Segen sprach, rüttelte jener seinen Hut und rührte darin herum, wie Kastanienverkäufer zu tun pflegen, wenn sie ihre Kastanien auf dem Rost braten; gewissenhaft schien er dafür zu sorgen, daß die Rosenkränze, die unten im Hut lagen, auch etwas von dem päpstlichen Segen abbekämen und alle gleichmäßig geweiht würden.

Ich konnte nicht umhin, diesen rührenden Zug von frommer Naivetät hier einzuflechten, und ergreife wieder den Faden meiner Geständnisse, die alle auf den geistigen Prozeß Bezug haben, den ich später durchmachen mußte.

Aus den frühesten Anfängen erklären sich die spätesten Erscheinungen. Es ist gewiß bedeutsam, daß mir bereits in meinem dreizehnten Lebensjahr alle Systeme der freien Denker vorgetragen wurden und zwar durch einen ehrwürdigen Geistlichen, der seine sazerdotalen Amtspflichten nicht im geringsten vernachlässigte, so daß ich hier frühe sah, wie ohne

Heuchelei Religion und Zweifel ruhig nebeneinandergingen, woraus nicht bloß in mir der Unglauben, sondern auch die toleranteste Gleichgültigkeit entstand.

Ort und Zeit sind auch wichtige Momente: ich bin geboren zu Ende des skeptischen achtzehnten Jahrhunderts und in einer Stadt, wo zur Zeit meiner Kindheit nicht bloß die Franzosen sondern auch der französische Geist herrschte.

Die Franzosen, die ich kennenlernte, machten mich, ich muß es gestehen, mit Büchern bekannt die sehr unsauber und mir ein Vorurteil gegen die ganze französische Literatur einflößten.

Ich habe sie auch später nie so sehr geliebt, wie sie es verdient, und am ungerechtesten blieb ich gegen die französische Poesie, die mir von Jugend an fatal war.

Daran ist wohl zunächst der vermaledeite Abbé Daunoi schuld, der im Lyzeum zu Düsseldorf die französische Sprache dozierte und mich durchaus zwingen wollte französische Verse zu machen. Wenig fehlte, und er hätte mir nicht bloß die französische, sondern die Poesie überhaupt verleidet.

Der Abbé Daunoi, ein emigrierter Priester, war ein ältliches Männchen mit den beweglichsten Gesichtsmuskeln und mit einer braunen Perücke, die sooft er in Zorn geriet eine sehr schiefe Stellung annahm.

Er hatte mehrere französische Grammatiken sowie auch Chrestomathien, worin Auszüge deutscher und französischer Klassiker, zum Übersetzen, für seine verschiedenen Klassen geschrieben; für die oberste veröffentlichte er auch eine „Art oratoire" und eine „Art poétique", zwei Büchlein, wovon das erstere Beredsamkeitsrezepte aus Quintilian enthielt, angewendet auf Beispiele von Predigten Fléchiers, Massillions, Bourdaloues und Bossuets, welche mich nicht allzusehr langweilten. -

Aber gar das andere Buch, das die Definitionen von der Poesie: l'art de peindre par les images, den faden Abhub der alten Schule von Batteux, auch die französische Prosodie und überhaupt die ganze Metrik der Franzosen enthielt, welch ein schrecklicher Alp!

Ich kenne auch jetzt nichts Abgeschmackteres als das metrische System der französischen Poesie, dieser art de peindre par les images, wie die Franzosen dieselbe definieren, welcher verkehrte Begriff vielleicht dazu beiträgt, daß sie immer in die malerische Paraphrase geraten.

Ihre Metrik hat gewiß Prokrustes erfunden; sie ist eine wahre Zwangsjacke für Gedanken, die bei ihrer Zahmheit gewiß nicht einer solchen bedürfen. Daß die Schönheit eines Gedichtes in der Überwindung der metrischen Schwierigkeiten bestehe ist ein lächerlicher Grundsatz, derselben närrischen Quelle entsprungen. Der französische Hexameter, dieses gereimte Rülpsen, ist mir wahrhaft ein Abscheu. Die Franzosen haben diese widrige Unnatur, die weit sündhafter als die Greuel von Sodom und Gomorrha, immer selbst gefühlt, und ihre guten Schauspieler sind darauf angewiesen, die Verse so sakkadiert zu sprechen, als wären sie Prosa – warum aber alsdann die überflüssige Mühe der Versifikation?

So denk ich jetzt und so fühlt ich schon als Knabe, und man kann sich leicht vorstellen, daß es zwischen mir und der alten braunen Perücke zu offnen Feindseligkeiten kommen mußte, als ich ihm erklärte, wie es mir rein unmöglich sei, französische Verse zu machen. Er sprach mir allen Sinn für Poesie ab und nannte mich einen Barbaren des Teutoburger Waldes.

Ich denke noch mit Entsetzen daran, daß ich aus der Chrestomathie des Professors die Anrede des Kaiphas an den Sanhedrin aus den Hexametern der Klopstockschen „Messiade" in französische Alexandriner übersetzen sollte! Es war ein Raffinement von Grausamkeit, die alle Passionsqualen des Messias selbst übersteigt, und die selbst dieser nicht ruhig erduldet hätte. Gott verzeih, ich verwünschte die Welt und die fremden Unterdrücker, die uns ihre Metrik aufbürden wollten, und ich war nahe dran ein Franzosenfresser zu werden.

Ich hätte für Frankreich sterben können, aber französische Verse machen – nimmermehr!

Durch den Rektor und meine Mutter wurde der Zwist beigelegt. Letztere war überhaupt nicht damit zufrieden, daß ich Verse machen lernte, und seien es auch nur französische. Sie hatte nämlich damals die größte Angst, daß ich ein Dichter werden möchte; das wäre das Schlimmste, sagte sie immer, was mir passieren könne.

Die Begriffe, die man damals mit dem Namen Dichter verknüpfte, waren nämlich nicht sehr ehrenhaft, und ein Poet war ein zerlumpter, armer Teufel, der für ein paar Taler ein Gelegenheitsgedicht verfertigt und am Ende im Hospital stirbt.

Meine Mutter aber hatte große, hochfliegende Dinge mit mir im Sinn, und alle Erziehungspläne zielten darauf hin. Sie spielte die Hauptrolle in meiner Entwickelungsgeschichte, sie machte die Programme aller meiner Studien, und schon vor meiner Geburt begannen ihre Erziehungspläne. Ich folgte gehorsam ihren ausgesprochenen Wünschen, jedoch gestehe ich, daß sie schuld war an der Unfruchtbarkeit meiner meisten Versuche und Bestrebungen in bürgerlichen Stellen, da dieselben niemals meinem Naturell entsprachen. Letzteres, weit mehr als die Weltbegebenheiten, bestimmte meine Zukunft.

In uns selbst liegen die Sterne unseres Glücks.

Zuerst war es die Pracht des Kaiserreichs, die meine Mutter blendete, und da die Tochter eines Eisenfabrikanten unserer Gegend, die mit meiner Mutter sehr befreundet war, eine Herzogin geworden und ihr gemeldet hatte, daß ihr Mann sehr viele Schlachten gewonnen und bald auch zum König avancieren würde – ach da träumte meine Mutter für mich die goldensten Epauletten oder die brodiertesten Ehrenchargen am

Hofe des Kaisers, dessen Dienst sie mich ganz zu widmen beabsichtigte.

Deshalb mußte ich jetzt vorzugsweise diejenigen Studien betreiben, die einer solchen Laufbahn förderlich, und obgleich im Lyzeum schon hinlänglich für mathematische Wissenschaften gesorgt war, und ich bei dem liebenswürdigen Professor Brewer vollauf mit Geometrie, Statik, Hydrostatik, Hydraulik und so weiter gefüttert ward und in Logarithmen und Algebra schwamm, so mußte ich doch noch Privatunterricht in dergleichen Disziplinen nehmen, die mich instand setzen sollten, ein großer Stratege oder nötigenfalls der Administrator von eroberten Provinzen zu werden.

Mit dem Fall des Kaiserreichs mußte auch meine Mutter der prachtvollen Laufbahn, die sie für mich geträumt, entsagen, die dahin zielenden Studien nahmen ein Ende, und sonderbar! sie ließen auch keine Spur in meinem Geiste zurück, so sehr waren sie demselben fremd. Es war nur eine mechanische Errungenschaft, die ich von mir warf als unnützen Plunder.

Meine Mutter begann jetzt in anderer Richtung eine glänzende Zukunft für mich zu träumen.

Das Rothschildsche Haus, mit dessen Chef mein Vater vertraut war, hatte zu jener Zeit seinen fabelhaften Flor bereits begonnen; auch andere Fürsten der Bank und der Industrie hatten in unserer Nähe sich erhoben, und meine Mutter behauptete, es habe jetzt die Stunde geschlagen, wo ein bedeutender Kopf im merkantilischen Fache das Ungeheuerlichste erreichen und sich zum höchsten Gipfel der weltlichen Macht emporschwingen könne. Sie beschloß daher jetzt, daß ich eine Geldmacht werden sollte, und jetzt mußte ich fremde Sprachen, besonders Englisch, Geographie, Buchhalten, kurz alle auf den Land- und Seehandel und Gewerbskunde bezüglichen Wissenschaften studieren.

Um etwas vom Wechselgeschäft und von Kolonialwaren kennenzulernen, mußte ich später das Comptoir eines Bankiers meines Vaters und die Gewölbe eines großen Spezereihändlers besuchen, erstere Besuche dauerten höchstens drei Wochen, letztere vier Wochen, doch ich lernte bei dieser Gelegenheit, wie man einen Wechsel ausstellt und wie Muskatnüsse aussehen.

Ein berühmter Kaufmann, bei welchem ich ein apprenti millionaire werden wollte, meinte, ich hätte kein Talent zum Erwerb, und lachend gestand ich ihm, daß er wohl recht haben möchte.

Da bald darauf eine große Handelskrisis entstand und wie viele unserer Freunde auch mein Vater sein Vermögen verlor, da platzte die merkantilische Seifenblase noch schneller und kläglicher als die imperiale, und meine Mutter mußte nun wohl eine andere Laufbahn für mich träumen.

Sie meinte jetzt, ich müsse durchaus Jurisprudenz studieren.

Sie hatte nämlich bemerkt, wie längst in England, aber auch in Frankreich und im konstitutionellen Deutschland der Juristenstand allmächtig sei und besonders die Advokaten durch die Gewohnheit des öffentlichen Vortrags die schwatzenden Hauptrollen spielen und dadurch zu den höchsten Staatsämtern gelangen. Meine Mutter hatte ganz richtig beobachtet.

Da eben die neue Universität Bonn errichtet worden, wo die juristische Fakultät von den berühmtesten Professoren besetzt war, schickte mich meine Mutter unverzüglich nach Bonn, wo ich bald zu den Füßen Mackeldeys und Welkers saß und die Manna ihres Wissens einschlürfte.

Von den sieben Jahren, die ich auf deutschen Universitäten zubrachte, vergeudete ich drei schöne blühende Lebensjahre durch das Studium der römischen Kasuistik, der Jurisprudenz, dieser illiberalsten Wissenschaft.

Welch ein fürchterliches Buch ist das Corpus iuris, die Bibel des Egoismus!

Wie die Römer selbst blieb mir immer verhaßt ihr Rechtskodex. Diese Räuber wollten ihren Raub sicherstellen, und was sie mit dem Schwerte erbeutet, suchten sie durch Gesetze zu schützen; deshalb war der Römer zu gleicher Zeit Soldat und Advokat und es entstand eine Mischung der widerwärtigsten Art.

Wahrhaftig jenen römischen Dieben verdanken wir die Theorie des Eigentums, das vorher nur als Tatsache bestand, und die Ausbildung dieser Lehre in ihren schnödesten Konsequenzen ist jenes gepriesene römische Recht, das allen unseren heutigen Legislationen, ja allen modernen Staatsinstituten zugrunde liegt, obgleich es im grellsten

Widerspruch mit der Religion, der Moral, dem Menschengefühl und der Vernunft steht.

Ich brachte jenes gottverfluchte Studium zu Ende, aber ich konnte mich nimmer entschließen, von solcher Errungenschaft Gebrauch zu machen, und vielleicht auch weil ich fühlte, daß andere mich in der Advokasserie und Rabulisterei leicht überflügeln würden, hing ich meinen juristischen Doktorhut an den Nagel.

Meine Mutter machte eine noch ernstere Miene als gewöhnlich. Aber ich war ein sehr erwachsener Mensch geworden, der in dem Alter stand, wo er der mütterlichen Obhut entbehren muß.

Die gute Frau war ebenfalls älter geworden, und indem sie nach so manchem Fiasko die Oberleitung meines Lebens aufgab, bereute sie, wie wir oben gesehen, daß sie mich nicht dem geistlichen Stande gewidmet.

Sie ist jetzt eine Matrone von 87 Jahren, und ihr Geist hat durch das Alter nicht gelitten. Über meine wirkliche Denkart hat sie sich nie eine Herrschaft angemaßt und war für mich immer die Schonung und Liebe selbst.

Ihr Glauben war ein strenger Deismus, der ihrer vorwaltenden Vernunftrichtung ganz angemessen. Sie war eine Schülerin Rousseaus, hatte dessen „Emile" gelesen, säugte selbst ihre Kinder, und Erziehungswesen war ihr Steckenpferd. Sie selbst hatte eine gelehrte Erziehung genossen und war die Studiengefährtin eines Bruders gewesen, der ein ausgezeichneter Arzt ward, aber früh starb. Schon als ganz junges Mädchen mußte sie ihrem Vater die lateinischen Dissertationen und sonstige gelehrte Schriften vorlesen, wobei sie oft den Alten durch ihre Fragen in Erstaunen setzte.

Ihre Vernunft und ihre Empfindung war die Gesundheit selbst, und nicht von ihr erbte ich den Sinn für das Phantastische und die Romantik. Sie hatte, wie ich schon erwähnt, eine Angst vor Poesie, entriß mir jeden Roman, den sie in meinen Händen fand, erlaubte mir keinen Besuch des Schauspiels, versagte mir alle Teilnahme an Volksspielen, überwachte meinen Umgang, schalt die Mägde, welche in meiner Gegenwart Gespenstergeschichten erzählten, kurz, sie tat alles Mögliche, um Aberglauben und Poesie von mir zu entfernen.

Sie war sparsam, aber nur in bezug auf ihre eigene Person; für das Vergnügen andrer konnte sie verschwenderisch sein, und da sie das Geld nicht liebte sondern nur schätzte, schenkte sie mit leichter Hand und setzte mich oft durch ihre Wohltätigkeit und Freigebigkeit in Erstaunen.

Welche Aufopferung bewies sie dem Sohne, dem sie in schwieriger Zeit nicht bloß das Programm seiner Studien, sondern auch die Mittel dazu lieferte! Als ich die Universität bezog, waren die Geschäfte meines Vaters in sehr traurigem Zustand, und meine Mutter verkaufte ihren Schmuck, Halsband und Ohrringe von großem Werte, um mir das Auskommen für die vier ersten Universitätsjahre zu sichern.

Ich war übrigens nicht der erste in unserer Familie, der auf der Universität Edelsteine aufgegessen und Perlen verschluckt hatte. Der Vater meiner Mutter, wie diese mir einst erzählte, erprobte dasselbe Kunststück. Die Juwelen, welche das Gebetbuch seiner verstorbenen Mutter verzierten, mußten die Kosten seines Aufenthalts auf der Universität bestreiten, als sein Vater, der alte Lazarus de Geldern, durch einen Sukzessionsprozeß mit einer verheirateten Schwester in große

Armut geraten war, er, der von seinem Vater ein Vermögen geerbt hatte, von dessen Größe mir eine alte Großmuhme so viel Wunderdinge erzählte.

Das klang dem Knaben immer wie Märchen von „Tausendundeiner Nacht", wenn die Alte von den großen Palästen und den persischen Tapeten und dem massiven Gold- und Silbergeschirr erzählte, die der gute Mann, der am Hofe des Kurfürsten und der Kurfürstin so viel Ehren genoß, so kläglich einbüßte. Sein Haus in der Stadt war das große Hotel in der Rheinstraße; das jetzige Krankenhaus in der Neustadt gehörte ihm ebenfalls sowie ein Schloß bei Gravenberg, und am Ende hatte er kaum, wo er sein Haupt hinlegen konnte.

Eine Geschichte, die ein Seitenstück zu der obigen bildet, will ich hier einweben, da sie die verunglimpfte Mutter eines meiner Kollegen in der öffentlichen Meinung rehabilitieren dürfte. Ich las nämlich einmal in der Biographie des armen Dietrich Grabbe, daß das Laster des Trunks, woran derselbe zugrunde gegangen, ihm durch seine eigene Mutter frühe eingepflanzt worden sei, indem sie dem Knaben, ja dem Kinde Branntewein zu trinken gegeben habe. Diese Anklage, die der Herausgeber der Biographie aus dem Munde feindseliger Verwandter erfahren, scheint grundfalsch, wenn ich mich der Worte erinnere, womit der selige Grabbe mehrmals von seiner Mutter sprach, die ihn oft gegen „dat Suppen" mit den nachdrücklichsten Worten verwarnte.

Sie war eine rohe Dame, die Frau eines Gefängniswärters, und wenn sie ihren jungen Wolf-Dietrich karessierte, mag sie ihn wohl manchmal mit den Tatzen einer Wölfin auch ein bißchen gekratzt haben. Aber sie hatte doch ein echtes Mutterherz und bewährte solches, als ihr Sohn nach Berlin reiste, um dort zu studieren.

Beim Abschied, erzählte mir Grabbe, drückte sie ihm ein Paket in die Hand, worin, weich umwickelt mit Baumwolle, sich ein halb Dutzend silberne Löffel nebst sechs dito kleinen Kaffeelöffeln und ein großer dito Potagelöffel befand, ein stolzer Hausschatz, dessen die Frauen aus dem Volke sich nie ohne Herzbluten entäußern, da sie gleichsam eine silberne Dekoration sind, wodurch sie sich von dem gewöhnlichen zinnernen Pöbel zu unterscheiden glauben. Als ich Grabbe kennenlernte, hatte er bereits den Potagelöffel, den Goliath, wie er ihn nannte, aufgezehrt. Befragte ich ihn manchmal, wie es ihm gehe, antwortete er mit bewölkter Stirn lakonisch: „Ich bin an meinem dritten Löffel", oder „ich bin an meinem vierten Löffel." „Die großen gehen dahin", seufzte er einst, „und es wird sehr schmale Bissen geben, wenn die kleinen, die Kaffeelöffelchen, an die Reihe kommen, und wenn diese dahin sind, gibt's gar keine Bissen mehr."

Leider hatte er recht und je weniger er zu essen hatte, desto mehr legte er sich aufs Trinken und ward ein Trunkenbold. Anfangs Elend und später häuslicher Gram trieben den Unglücklichen, im Rausche Erheiterung oder Vergessenheit zu suchen, und zuletzt mochte er wohl zur Flasche gegriffen haben, wie andere zur Pistole, um dem Jammertum ein Ende zu machen. „Glauben Sie mir", sagte mir einst ein naiver westfälischer Landsmann Grabbes, „der konnte viel vertragen und wäre nicht gestorben weil er trank, sondern er trank, weil er sterben wollte; er starb durch Selbsttrunk."

Obige Ehrenrettung einer Mutter ist gewiß nie am unrechten Platz, ich versäumte bis jetzt, sie zur Sprache zu bringen, da ich sie in einer Charakteristik Grabbes aufzeichnen wollte, diese

kam nie zustande, und auch in meinem Buche „De l'Allemagne"
konnte ich Grabbes nur flüchtig erwähnen.

Obige Notiz ist mehr an den deutschen als an den
französischen Leser gerichtet, und für letzteren will ich hier nur
bemerken, daß besagter Dietrich Grabbe einer der größten
deutschen Dichter war und von allen unseren dramatischen
Dichtem wohl als derjenige genannt werden darf, der die meiste
Verwandtschaft mit Shakespeare hat. Er mag weniger Saiten auf
seiner Leier haben als andre, die dadurch ihn vielleicht
überragen, aber die Saiten, die er besitzt, haben einen Klang,
der nur bei dem großen Briten gefunden wird. Er hat dieselben
Plötzlichkeiten, dieselben Naturlaute, womit uns Shakespeare
erschreckt, erschüttert, entzückt.

Aber alle seine Vorzüge sind verdunkelt durch eine
Geschmacklosigkeit, einen Zynismus und eine Ausgelassenheit,
die das Tollste und Abscheulichste überbieten, das je ein Gehirn
zutage gefördert. Es ist aber nicht Krankheit, etwa Fieber oder
Blödsinn, was dergleichen hervorbrachte, sondern eine geistige
Intoxikation des Genies. Wie Plato den Diogenes sehr treffend
einen wahnsinnigen Sokrates nannte, so könnte man unsern

Grabbe leider mit doppeltem Rechte einen betrunkenen Shakespeare nennen.

In seinen gedruckten Dramen sind jene Monstruositäten sehr gemildert, sie befanden sich aber grauenhaft grell in dem Manuskript seines „Gothland", einer Tragödie, die er einst, als er mir noch ganz unbekannt war, überreichte oder vielmehr vor die Füße schmiß mit den Worten: „Ich wollte wissen, was an mir sei, und da habe ich dieses Manuskript dem Professor Gubitz gebracht, der darüber den Kopf geschüttelt und um meiner loszuwerden, mich an Sie verwies, der ebenso tolle Grillen im Kopfe trüge wie ich und mich daher weit besser verstünde – hier ist nun der Bulk!"

Nach diesen Worten, ohne Antwort zu erwarten, troddelte der närrische Kauz wieder fort, und da ich eben zu Frau von Varnhagen ging, nahm ich das Manuskript mit, um ihr die Primeur eines Dichters zu verschaffen; denn ich hatte an den wenigen Stellen, die ich las, schon gemerkt, daß hier ein Dichter war.

Wir erkennen das poetische Wild schon am Geruch. Aber der Geruch war diesmal zu stark für weibliche Nerven, und spät, schon gegen Mitternacht, ließ mich Frau von Varnhagen rufen und beschwor mich um Gottes willen, das entsetzliche Manuskript wieder zurückzunehmen, da sie nicht schlafen könne, solange sich dasselbe noch im Hause befände. Einen solchen Eindruck machten Grabbes Produktionen in ihrer ursprünglichen Gestalt.

Obige Abschweifung mag ihr Gegenstand selbst rechtfertigen.

Die Ehrenrettung einer Mutter ist überall an ihrem Platze, und der fühlende Leser wird die oben mitgeteilten Äußerungen Grabbes über die arme verunglimpfte Frau, die ihn zur Welt gebracht, nicht aber als eine müßige Abschweifung betrachten.

Jetzt aber, nachdem ich mich einer Pflicht der Pietät gegen einen unglücklichen Dichter erledigt habe, will ich wieder zu meiner eigenen Mutter und ihrer Sippschaft zurückkehren, in weiterer Besprechung des Einflusses, der von dieser Seite auf meine geistige Bildung ausgeübt wurde.

Nach meiner Mutter beschäftigte sich mit letzterer ganz besonders ihr Bruder, mein Oheim Simon de Geldern. Er ist tot seit 20 Jahren. Er war ein Sonderling von unscheinbarem, ja sogar närrischem Äußeren. Eine kleine, gehäbige Figur, mit einem bläßlichen, strengen Gesichte, dessen Nase zwar griechisch gradlinigt, aber gewiß um ein Drittel länger war, als die Griechen ihre Nasen zu tragen pflegten.

In seiner Jugend, sagte man, sei diese Nase von gewöhnlicher Größe gewesen und nur durch die üble Gewohnheit, daß er sich beständig daran zupfte, soll sie sich so übergebührlich in die Länge gezogen haben. Fragten wir Kinder den Ohm, ob das wahr sei, so verwies er uns solche respektwidrige Rede mit großem Eifer und zupfte sich dann wieder an der Nase.

Er ging ganz altfränkisch gekleidet, trug kurze Beinkleider, weißseidene Strümpfe, Schnallenschuhe und nach der alten Mode einen ziemlich langen Zopf, der, wenn das kleine Männchen durch die Straßen trippelte, von einer Schulter zur andern flog, allerlei Kapriolen schnitt und sich über seinen eigenen Herrn hinter seinem Rücken zu mokieren schien.

Oft, wenn der gute Onkel in Gedanken vertieft saß oder die Zeitung las, überschlich mich das frevle Gelüste, heimlich sein Zöpfchen zu ergreifen und daran zu ziehen, als wäre es eine Hausklingel, worüber ebenfalls der Ohm sich sehr erboste, indem er jammernd die Hände rang über die junge Brut, die vor nichts mehr Respekt hat, weder durch menschliche noch durch göttliche Autorität mehr in Schranken zu halten und sich endlich an dem Heiligsten vergreifen werde.

War aber das Äußere des Mannes nicht geeignet, Respekt einzuflößen, so war sein Inneres, sein Herz desto respektabler, und es war das bravste und edelmütigste Herz, das ich hier auf Erden kennenlernte. Es war eine Ehrenhaftigkeit in dem Manne, die an den Rigorismus der Ehre in altspanischen Dramen erinnerte, und auch in der Treue glich er den Helden derselben. Er hatte nie Gelegenheit, der „Arzt seiner Ehre" zu werden, doch ein „standhafter Prinz" war er in ebenso ritterlicher Größe, obgleich er nicht in vierfüßigen Trochäen deklamierte, gar nicht nach Todespalmen lechzte und statt des glänzenden Rittermantels ein scheinloses Röckchen mit Bachstelzenschwanz trug.

Er war durchaus kein sinnenfeindlicher Asket, er liebte Kirmesfeste, die Weinstube des Gastwirts Rasia, wo er besonders gern Krammetsvögel aß mit Wacholderbeeren – aber alle Krammetsvögel dieser Welt und alle ihre Lebensgenüsse opferte er mit stolzer Entschiedenheit, wenn es die Idee galt, die er für wahr und gut erkannt. Und er tat dieses mit solcher Anspruchlosigkeit, ja Verschämtheit, daß niemand merkte, wie eigentlich ein heimlicher Märtyrer in dieser spaßhaften Hülle steckte.

Nach weltlichen Begriffen war sein Leben ein verfehltes. Simon de Geldern hatte im Kollegium der Jesuiten seine sogenannten humanistischen Studien, Humaniora, gemacht, doch als der Tod seiner Eltern ihm die völlig freie Wahl einer Lebenslaufbahn ließ, wählte er gar keine, verzichtete auf jedes sogenannte Brotstudium der ausländischen Universitäten und blieb lieber daheim zu Düsseldorf in der „Arche Noä", wie das kleine Haus hieß, welches ihm sein Vater hinterließ und über dessen Türe das Bild der Arche Noä recht hübsch ausgemeißelt und bunt koloriert zu schauen war.

Von rastlosem Fleiße, überließ er sich hier allen seinen gelehrten Liebhabereien und Schnurrpfeifereien, seiner Bibliomanie und besonders seiner Wut des Schriftstellerns, die er besonders in politischen Tagesblättern und obskuren Zeitschriften ausließ.

Nebenbei gesagt kostete ihm nicht bloß das Schreiben, sondern auch das Denken die größte Anstrengung.

Entstand diese Schreibwut vielleicht durch den Drang, gemeinnützig zu wirken? Er nahm teil an allen Tagesfragen, und das Lesen von Zeitungen und Broschüren trieb er bis zur Manie. Die Nachbarn nannten ihn den Doktor, aber nicht eigentlich wegen seiner Gelahrtheit, sondern weil sein Vater und sein Bruder Doktoren der Medizin gewesen. Und die alten Weiber ließen es sich nicht ausreden, daß der Sohn des alten Doktors, der sie so oft kuriert, nicht auch die Heilmittel seines Vaters geerbt haben müsse, und wenn sie erkrankten, kamen sie zu ihm gelaufen mit ihren Urinflaschen, mit Weinen und Bitten, daß er dieselben doch besehen möchte, ihnen zu sagen, was ihnen fehle. Wenn der arme Oheim solcherweise in seinen Studien gestört wurde, konnte er in Zorn geraten und die alten Trullen mit ihren Urinflaschen zum Teufel wünschen und davonjagen.

Dieser Oheim war es nun, der auf meine geistige Bildung großen Einfluß geübt und dem ich in solcher Beziehung unendlich viel zu verdanken habe. Wie sehr auch unsere

Ansichten verschieden und so kümmerlich auch seine literarischen Bestrebungen waren, so regten sie doch vielleicht in mir die Lust zu schriftlichen Versuchen.

Der Ohm schrieb einen alten steifen Kanzleistil, wie er in den Jesuitenschulen, wo Latein die Hauptsache, gelehrt wird, und konnte sich nicht leicht befreunden mit meiner Ausdrucksweise, die ihm zu leicht, zu spielend, zu irreverenziös vorkam. Aber sein Eifer, womit er mir die Hülfsmittel des geistigen Fortschritts zuwies, war für mich von größtem Nutzen.

Er beschenkte schon den Knaben mit den schönsten, kostbarsten Werken; er stellte zu meiner Verfügung seine eigene Bibliothek, die an klassischen Büchern und wichtigen Tagesbroschüren so reich war, und er erlaubte mir sogar, auf dem Söller der Arche Noä in den Kisten herumzukramen, worin sich die alten Bücher und Skripturen des seligen Großvaters befanden.

Welche geheimnisvolle Wonne jauchzte im Herzen des Knaben, wenn er auf jenem Söller, der eigentlich eine große Dachstube war, ganze Tage verbringen konnte.

Es war nicht eben ein schöner Aufenthalt, und die einzige Bewohnerin desselben, eine dicke Angorakatze, hielt nicht sonderlich auf Sauberkeit und nur selten fegte sie mit ihrem Schweife ein bißchen den Staub und das Spinnweb fort von dem alten Gerümpel, das dort aufgestapelt lag.

Aber mein Herz war so blühend jung, und die Sonne schien so heiter durch die kleine Lukarne, daß mir alles von einem phantastischen Lichte übergossen schien und die alte Katze selbst mir wie eine verwünschte Prinzessin vorkam, die wohl plötzlich aus ihrer tierischen Gestalt wieder befreit sich in der vorigen Schöne und Herrlichkeit zeigen dürfte, während die Dachkammer sich in einen prachtvollen Palast verwandeln würde, wie es in allen Zaubergeschichten zu geschehen pflegt.

Doch die alte gute Märchenzeit ist verschwunden, die Katzen bleiben Katzen, und die Dachstube der Arche Noä blieb eine staubige Rumpelkammer, ein Hospital für inkurablen Hausrat, eine Salpêtrière für alte Möbel, die den äußersten Grad der Dekrepitüde erlangt und die man doch nicht vor die Türe schmeißen darf, aus sentimentaler Anhänglichkeit und

Berücksichtigung der frommen Erinnerungen, die sich damit verknüpften.

Da stand eine morsch zerbrochene Wiege, worin einst meine Mutter gewiegt worden; jetzt lag darin die Staatsperücke meines Großvaters, die ganz vermodert war und vor Alter kindisch geworden zu sein schien.

Der verrostete Galanteriedegen des Großvaters und eine Feuerzange, die nur einen Arm hatte, und anderes invalides Eisengeschirr hing an der Wand. Daneben auf einem wackligen Brette stand der ausgestopfte Papagei der seligen Großmutter, der jetzt ganz entfiedert und nicht mehr grün, sondern aschgrau war und mit dem einzigen Glasauge, das ihm geblieben, sehr unheimlich aussah.

Hier stand auch ein großer, grüner Mops von Porzellan, welcher inwendig hohl war; ein Stück des Hinterteils war abgebrochen, und die Katze schien für dieses chinesische oder japanische Kunstbild einen großen Respekt zu hegen; sie machte vor demselben allerlei devote Katzenbuckel und hielt es vielleicht für ein göttliches Wesen; die Katzen sind so abergläubisch.

In einem Winkel lag eine alte Flöte, welche einst meiner Mutter gehört; sie spielte darauf, als sie noch ein junges Mädchen war, und eben jene Dachkammer wählte sie zu ihrem Konzertsaale, damit der alte Herr, ihr Vater, nicht von der Musik in seiner Arbeit gestört oder auch ob dem sentimentalen Zeitverlust, dessen sich seine Tochter schuldig machte, unwirsch würde. Die Katze hatte jetzt diese Flöte zu ihrem liebsten Spielzeug erwählt, indem sie an dem verblichenen Rosaband, das an der Flöte befestigt war, dieselbe hin und her auf dem Boden rollte.

Zu den Antiquitäten der Dachkammer gehörten auch Weltkugeln, die wunderlichsten Planetenbilder und Kolben und Retorten, erinnernd an astrologische und alchimistische Studien.

In den Kisten, unter den Büchern des Großvaters befanden sich auch viele Schriften, die auf solche Geheimwissenschaften Bezug hatten. Die meisten Bücher waren freilich medizinische Scharteken. An philosophischen war kein Mangel, doch neben dem erzvernünftigen Cartesius befanden sich auch Phantasten wie Paracelsus, van Helmont und gar Agrippa von Nettesheim, dessen „Philosophia occulta" ich hier zum erstenmal zu Gesicht bekam. Schon den Knaben amüsierte die Dedikationsepistel an den Abt Trithem, dessen Antwortschreiben beigedruckt, wo dieser Compère dem andern Scharlatan seine bombastischen Komplimente mit Zinsen zurückerstattet.

Der beste und kostbarste Fund jedoch, den ich in den bestäubten Kisten machte, war ein Notizenbuch von der Hand eines Bruders meines Großvaters, den man den Chevalier oder den Morgenländer nannte, und von welchem die alten Muhmen immer so viel zu singen und zu sagen wußten.

Dieser Großoheim, welcher ebenfalls Simon de Geldern hieß, muß ein sonderbarer Heiliger gewesen sein. Den Zunamen der „Morgenländer" empfing er, weil er große Reisen im Oriente gemacht und sich bei seiner Rückkehr immer in orientalische Tracht kleidete.

Am längsten scheint er in den Küstenstädten Nordafrikas, namentlich in den marokkanischen Staaten verweilt zu haben, wo er von einem Portugiesen das Handwerk eines Waffenschmieds erlernte und dasselbe mit Glück betrieb.

Er wallfahrtete nach Jerusalem, wo er in der Verzückung des Gebetes, auf dem Berge Moria, ein Gesicht hatte. Was sah er? Er offenbarte es nie.

Ein unabhängiger Beduinenstamm, der sich nicht zum Islam sondern zu einer Art Mosaismus bekannte und in einer der unbekannten Oasen der nordafrikanischen Sandwüste gleichsam sein Absteigequartier hatte, wählte ihn zu seinem Anführer oder Scheik. Dieses kriegerische Völkchen lebte in Fehde mit allen Nachbarstämmen und war der Schrecken der Karawanen. Europäisch zu reden: mein seliger Großoheim, der fromme Visionär vom heiligen Berge Moria, ward Räuberhauptmann. In dieser schönen Gegend erwarb er auch jene Kenntnisse von Pferdezucht und jene Reiterkünste, womit er nach seiner Heimkehr ins Abendland so viele Bewunderung erregte.

An den verschiedenen Höfen, wo er sich lange aufhielt, glänzte er auch durch seine persönliche Schönheit und Stattlichkeit sowie auch durch die Pracht der orientalischen Kleidung, welche besonders auf die Frauen ihren Zauber übte. Er imponierte wohl noch am meisten durch sein vorgebliches

Geheimwissen, und niemand wagte es, den allmächtigen Nekromanten bei seinen hohen Gönnern herabzusetzen. Der Geist der Intrige fürchtete die Geister der Kabbala.

Nur sein eigener Übermut konnte ihn ins Verderben stürzen, und sonderbar geheimnisvoll schüttelten die alten Muhmen ihre greisen Köpflein, wenn sie etwas von dem galanten Verhältnis munkelten, worin der „Morgenländer" mit einer sehr erlauchten Dame stand, und dessen Entdeckung ihn nötigte, aufs schleunigste den Hof und das Land zu verlassen. Nur durch die Flucht mit Hinterlassung aller seiner Habseligkeiten konnte er dem sichern Tode entgehen, und eben seiner erprobten Reiterkunst verdankte er seine Rettung.

Nach diesem Abenteuer scheint er in England einen sichern aber kümmerlichen Zufluchtsort gefunden zu haben. Ich schließe solches aus einer zu London gedruckten Broschüre des Großoheims, welche ich einst, als ich in der Düsseldorfer Bibliothek bis zu den höchsten Bücherbrettern kletterte, zufällig entdeckte. Es war ein Oratorium in französischen Versen, betitelt „Moses auf dem Horeb", hatte vielleicht Bezug auf die erwähnte Vision, die Vorrede war aber in englischer

Sprache geschrieben und von London datiert; die Verse, wie alle französische Verse, gereimtes lauwarmes Wasser, aber in der englischen Prosa der Vorrede verriet sich der Unmut eines stolzen Mannes, der sich in einer dürftigen Lage befindet.

Aus dem Notizenbuch des Großoheims konnte ich nicht viel Sicheres ermitteln; es war, vielleicht aus Vorsicht, meistens mit arabischen, syrischen und koptischen Buchstaben geschrieben, worin sonderbar genug französische Zitate vorkamen, z. B. sehr oft der Vers:

„Où l'innocence périt c'est un crime de vivre."

Mich frappierten auch manche Äußerungen, die ebenfalls in französischer Sprache geschrieben; letztere scheint das gewöhnliche Idiom des Schreibenden gewesen zu sein.

Eine rätselhafte Erscheinung, schwer zu begreifen, war dieser Großoheim. Er führte eine jener wunderlichen Existenzen, die nur im Anfang und in der Mitte des achtzehnten Jahrhunderts möglich gewesen; er war halb Schwärmer, der für kosmopolitische, weltbeglückende Utopien Propaganda machte, halb Glücksritter, der im Gefühl seiner individuellen Kraft die morschen Schranken einer morschen Gesellschaft durchbricht oder überspringt. Jedenfalls war er ganz ein Mensch.

Sein Scharlatanismus, den wir nicht in Abrede stellen, war nicht von gemeiner Sorte. Er war kein gewöhnlicher Scharlatan, der den Bauern auf den Märkten die Zähne ausreißt, sondern er drang mutig in die Paläste der Großen, denen er den stärksten Backzahn ausriß, wie weiland Ritter Hüon von Bordeaux dem Sultan von Babilon tat. Klappern gehört zum Handwerk, sagt das Sprüchwort, und das Leben ist ein Handwerk wie jedes andre.

Und welcher bedeutende Mensch ist nicht ein bißchen Scharlatan? Die Scharlatane der Bescheidenheit sind die schlimmsten mit ihrem demütig tuenden Dünkel! Wer gar auf die Menge wirken will, bedarf einer scharlatanischen Zutat.

Der Zweck heiligt die Mittel. Hat doch der liebe Gott selbst, als er auf dem Berg Sinai sein Gesetz promulgierte, nicht verschmäht, bei dieser Gelegenheit tüchtig zu blitzen und zu donnern, obgleich das Gesetz so vortrefflich, so göttlich gut war, daß es füglich aller Zutat von leuchtendem Kolophonium und donnernden Paukenschlägen entbehren konnte. Aber der

Herr kannte sein Publikum, das mit seinen Ochsen und Schafen und aufgesperrten Mäulern unten am Berge stand und welchem gewiß ein physikalisches Kunststück mehr Bewunderung einflößen konnte als alle Mirakel des ewigen Gedankens.

Wie dem auch sei, dieser Großohm hat die Einbildungskraft des Knaben außerordentlich beschäftigt. Alles, was man von ihm erzählte, machte einen unauslöschlichen Eindruck auf mein junges Gemüt, und ich versenkte mich so tief in seine Irrfahrten und Schicksale, daß mich manchmal am hellen, lichten Tage ein unheimliches Gefühl ergriff und es mir vorkam, als sei ich selbst mein seliger Großoheim und als lebte ich nur eine Fortsetzung des Lebens jenes längst Verstorbenen!

In der Nacht spiegelte sich dasselbe retrospektiv zurück in meine Träume. Mein Leben glich damals einem großen Journal, wo die obere Abteilung die Gegenwart, den Tag mit seinen Tagesberichten und Tagesdebatten enthielt, während in der unteren Abteilung die poetische Vergangenheit in fortlaufenden Nachtträumen wie eine Reihenfolge von Romanfeuilletons sich phantastisch kundgab.

In diesen Träumen identifizierte ich mich gänzlich mit meinem Großohm und mit Grauen fühlte ich zugleich, daß ich ein anderer war und einer anderen Zeit angehörte. Da gab es Örtlichkeiten, die ich nie vorher gesehen, da gab es Verhältnisse, wovon ich früher keine Ahnung hatte, und doch wandelte ich dort mit sicherem Fuß und sicherem Verhalten.

Da begegneten mir Menschen in brennend bunten, sonderbaren Trachten und mit abenteuerlich wüsten Physiognomien, denen ich dennoch wie alten Bekannten die Hände drückte; ihre wildfremde, nie gehörte Sprache verstand ich, zu meiner Verwunderung antwortete ich ihnen sogar in derselben Sprache, während ich mit einer Heftigkeit gestikulierte, die mir nie eigen war, und während ich sogar Dinge sagte, die mit meiner gewöhnlichen Denkweise widerwärtig kontrastierten.

Dieser wunderliche Zustand dauerte wohl ein Jahr, und obgleich ich wieder ganz zur Einheit des Selbstbewußtseins kam, blieben doch geheime Spuren in meiner Seele. Manche Idiosynkrasie, manche fatale Sympathien und Antipathien, die gar nicht zu meinem Naturell passen, ja sogar manche

Handlungen, die im Widerspruch mit meiner Denkweise sind, erkläre ich mir als Nachwirkungen aus jener Traumzeit, wo ich mein eigener Großoheim war.

Wenn ich Fehler begehe, deren Entstehung mir unbegreiflich erscheint, schiebe ich sie gern auf Rechnung meines morgenländischen Doppelgängers. Als ich einst meinem Vater eine solche Hypothese mitteilte, um ein kleines Versehen zu beschönigen, bemerkte er schalkhaft: er hoffe, daß mein Großoheim keine Wechsel unterschrieben habe, die mir einst zur Bezahlung präsentiert werden könnten.

Es sind mir keine solche orientalischen Wechsel vorgezeigt worden, und ich habe genug Nöte mit meinen eigenen okzidentalischen Wechseln gehabt.

Aber es gibt gewiß noch schlimmere Schulden als Geldschulden, welche uns die Vorfahren zur Tilgung hinterlassen. Jede Generation ist eine Fortsetzung der andern und ist verantwortlich für ihre Taten. Die Schrift sagt: die Väter haben Herlinge (unreife Trauben) gegessen und die Enkel haben davon schmerzhaft taube Zähne bekommen.

Es herrscht eine Solidarität der Generationen, die aufeinander folgen, ja die Völker, die hintereinander in die Arena treten, übernehmen eine solche Solidarität und die ganze Menschheit liquidiert am Ende die große Hinterlassenschaft der Vergangenheit. Im Tale Josaphat wird das große Schuldbuch vernichtet werden oder vielleicht vorher noch durch einen Universalbankrott.

Der Gesetzgeber der Juden hat diese Solidarität tief erkannt und besonders in seinem Erbrecht sanktioniert; für ihn gab es vielleicht keine individuelle Fortdauer nach dem Tode, und er glaubte nur an die Unsterblichkeit der Familie; alle Güter waren Familieneigentum, und niemand konnte sie so vollständig alienieren, daß sie nicht zu einer gewissen Zeit an die Familienglieder zurückfielen.

Einen schroffen Gegensatz zu jener menschenfreundlichen Idee des mosaischen Gesetzes bildet das römische, welches ebenfalls im Erbrechte den Egoismus des römischen Charakters bekundet.

Ich will hierüber keine Untersuchungen eröffnen, und meine persönlichen Bekenntnisse verfolgend will ich vielmehr die

Gelegenheit benutzen, die sich mir hier bietet, wieder durch ein Beispiel zu zeigen, wie die harmlosesten Tatsachen zuweilen zu den böswilligsten Insinuationen von meinen Feinden benutzt worden. Letztere wollen nämlich die Entdeckung gemacht haben, daß ich bei biographischen Mitteilungen sehr viel von meiner mütterlichen Familie, aber gar nichts von meinen väterlichen Sippen und Magen spräche, und sie bezeichneten solches als ein absichtliches Hervorheben und Verschweigen und beschuldigten mich derselben eiteln Hintergedanken, die man auch meinem seligen Kollegen Wolfgang Goethe vorwarf.

Es ist freilich wahr, daß in dessen Memoiren sehr oft von dem Großvater von väterlicher Seite, welcher als gestrenger Herr Schultheiß auf dem Römer zu Frankfurt präsidierte, mit besonderem Behagen die Rede ist, während der Großvater von mütterlicher Seite, der als ehrsames Flickschneiderlein auf der Bockenheimer Gasse auf dem Werktische hockte und die alten Hosen der Republik ausbesserte, mit keinem Worte erwähnt wird.

Ich habe Goethen in betreff dieses Ignorierens nicht zu vertreten, doch was mich selbst betrifft, möchte ich jene böswilligen und oft ausgebeuteten Interpretationen und Insinuationen dahin berichtigen, daß es nicht meine Schuld ist, wenn in meinen Schriften von einem väterlichen Großvater nie gesprochen ward. Die Ursache ist ganz einfach: ich habe nie viel von ihm zu sagen gewußt. Mein seliger Vater war als ganz fremder Mann nach meiner Geburtsstadt Düsseldorf gekommen und besaß hier keine Anverwandten, keine jener alten Muhmen und Basen, welche die weiblichen Barden sind, die der jungen Brut tagtäglich die alten Familienlegenden mit epischer Monotonie vorsingen, während sie die bei den schottischen Barden obligate Dudelsackbegleitung durch das Schnarren ihrer Nasen ersetzen. Nur über die großen Kämpen des mütterlichen Clans konnte von dieser Seite mein junges Gemüt frühe Eindrücke empfangen, und ich horchte mit Andacht, wenn die alte Bräunle oder Brunhildis erzählte.

Mein Vater selbst war sehr einsilbiger Natur, sprach nicht gern, und einst als kleines Bübchen, zur Zeit, wo ich die Werkeltage in der öden Franziskaner-Klosterschule, jedoch die Sonntage zu Hause zubrachte, nahm ich hier eine Gelegenheit wahr, meinen Vater zu befragen, wer mein Großvater gewesen sei. Auf diese Frage antwortete er halb lachend, halb unwirsch:

„Dein Großvater war ein kleiner Jude und hatte einen großen Bart."

Den andern Tag, als ich in den Schulsaal trat, wo ich bereits meine kleinen Kameraden versammelt fand, beeilte ich mich sogleich ihnen die wichtige Neuigkeit zu erzählen: daß mein Großvater ein kleiner Jude war, welcher einen langen Bart hatte.

Kaum hatte ich diese Mitteilung gemacht, als sie von Mund zu Mund flog, in allen Tonarten wiederholt ward, mit Begleitung von nachgeäfften Tierstimmen. Die Kleinen sprangen über Tische und Bänke, rissen von den Wänden die Rechentafeln, welche auf den Boden purzelten nebst den Tintenfässern, und dabei wurde gelacht, gemeckert, gegrunzt, gebellt, gekräht – ein Höllenspektakel, dessen Refrain immer der Großvater war, der ein kleiner Jude gewesen und einen großen Bart hatte.

Der Lehrer, welchem die Klasse gehörte, vernahm den Lärm und trat mit zornglühendem Gesichte in den Saal und fragte gleich nach dem Urheber dieses Unfugs. Wie immer in solchen Fällen geschieht: ein jeder suchte kleinlaut sich zu diskulpieren, und am Ende der Untersuchung ergab es sich, daß ich Ärmster überwiesen ward, durch meine Mitteilung über meinen Großvater den ganzen Lärm veranlaßt zu haben, und ich büßte meine Schuld durch eine bedeutende Anzahl Prügel.

Es waren die ersten Prügel, die ich auf dieser Erde empfing, und ich machte bei dieser Gelegenheit schon die philosophische Betrachtung, daß der liebe Gott, der die Prügel erschaffen, in seiner gütigen Weisheit auch dafür sorgte, daß derjenige, welcher sie erteilt, am Ende müde wird, indem sonst am Ende die Prügel unerträglich würden.

Der Stock, womit ich geprügelt ward, war ein Rohr von gelber Farbe, doch die Streifen, welche dasselbe auf meinem Rücken ließ, waren dunkelblau. Ich habe sie nicht vergessen.

Auch den Namen des Lehrers, der mich so unbarmherzig schlug, vergaß ich nicht: es war der Pater Dickerscheit; er wurde bald von der Schule entfernt, aus Gründen, die ich ebenfalls nicht vergessen, aber nicht mitteilen will.

Der Liberalismus hat den Priesterstand oft genug mit Unrecht verunglimpft, und man könnte ihm wohl jetzt einige Schonung angedeihen lassen, wenn ein unwürdiges Mitglied Verbrechen begeht, die am Ende doch nur der menschlichen Natur oder vielmehr Unnatur beizumessen sind.

Wie der Name des Mannes, der mir die ersten Prügel erteilte, blieb mir auch der Anlaß im Gedächtnis, nämlich meine unglückliche genealogische Mitteilung, und die Nachwirkung jener frühen Jugendeindrücke ist so groß, daß jedesmal wenn von kleinen Juden mit großen Bärten die Rede war, mir eine unheimliche Erinnerung grüselnd über den Rücken lief. „Gesottene Katze scheut den kochenden Kessel", sagt das Sprüchwort, und jeder wird leicht begreifen, daß ich seitdem keine große Neigung empfand, nähere Auskunft über jenen bedenklichen Großvater und seinen Stammbaum zu erhalten oder gar dem großen Publikum, wie einst dem kleinen, dahin bezügliche Mitteilungen zu machen.

Meine Großmutter väterlicherseits, von welcher ich ebenfalls nur wenig zu sagen weiß, will ich jedoch nicht unerwähnt lassen. Sie war eine außerordentlich schöne Frau und einzige Tochter eines Bankiers zu Hamburg, der wegen seines Reichtums weit und breit berühmt war. Diese Umstände lassen mich vermuten, daß der kleine Jude, der die schöne Person aus dein Hause ihrer hochbegüterten Eltern nach seinem Wohnorte Hannover heimführte, noch außer seinem großen Barte sehr rühmliche Eigenschaften besessen und sehr respektabel gewesen sein muß.

Er starb frühe, eine junge Witwe mit sechs Kindern, sämtlich Knaben im zartesten Alter zurücklassend. Sie kehrte nach Hamburg zurück und starb dort ebenfalls nicht sehr betagt.

Im Schlafzimmer meines Oheims Salomon Heine zu Hamburg sah ich einst das Porträt der Großmutter. Der Maler, welcher in Rembrandtscher Manier nach Licht- und Schatteneffekten haschte, hatte dem Bilde eine schwarze klösterliche Kopfbedeckung, eine fast ebenso strenge, dunkle Robe und den pechdunkelsten Hintergrund erteilt, so daß das vollwangigte, mit einem Doppelkinn versehene Gesicht wie ein Vollmond aus nächtlichem Gewölk hervorschimmerte.

Ihre Züge trugen noch die Spuren großer Schönheit, sie waren zugleich milde und ernsthaft, und besonders die Morbidezza der Hautfarbe gab dem ganzen Gesicht einen Ausdruck von Vornehmheit eigentümlicher Art; hätte der Maler der Dame ein großes Kreuz von Diamanten vor die Brust gemalt, so hätte man sicher geglaubt, das Porträt irgendeiner gefürsteten Äbtissin eines protestantischen adligen Stiftes zu sehen.

Von den Kindern meiner Großmutter haben, soviel ich weiß, nur zwei ihre außerordentliche Schönheit geerbt, nämlich mein Vater und mein Oheim Salomon Heine, der verstorbene Chef des hamburgischen Bankierhauses dieses Namens.

Die Schönheit meines Vaters hatte etwas Überweiches, Charakterloses, fast Weibliches. Sein Bruder besaß viel mehr eine männliche Schönheit und er war überhaupt ein Mann, dessen Charakterstärke sich auch in seinen edelgemessenen, regelmäßigen Zügen imposant, ja manchmal sogar verblüffend offenbarte.

Seine Kinder waren alle, ohne Ausnahme, zur entzückendsten Schönheit emporgeblüht, doch der Tod raffte sie dahin in ihrer Blüte, und von diesem schönen Menschenblumenstrauß leben jetzt nur zwei, der jetzige Chef des Bankierhauses und seine Schwester, eine seltene Erscheinung mit - - -

Ich hatte alle diese Kinder so lieb, und ich liebte auch ihre Mutter, die ebenfalls so schön war und früh dahinschied, und alle haben mir viele Tränen gekostet. Ich habe wahrhaftig in diesem Augenblicke nötig, meine Schellenkappe zu schütteln, um die weinerlichen Gedanken zu überklingeln.

Ich habe oben gesagt, daß die Schönheit meines Vaters etwas Weibliches hatte. Ich will hiermit keineswegs einen Mangel an Männlichkeit andeuten: letztere hat er zumal in seiner Jugend oft erprobt und ich selbst bin am Ende ein lebendes Zeugnis derselben. Es sollte das keine unziemliche Äußerung sein; im Sinne hatte ich nur die Formen seiner körperlichen Erscheinung, die nicht straff und drall, sondern vielmehr weich und zärtlich geründet waren. Den Konturen seiner Züge fehlte das Markierte, und sie verschwammen ins Unbestimmte. In seinen späteren Jahren ward er fett, aber auch in seiner Jugend scheint er nicht eben mager gewesen zu sein.

In dieser Vermutung bestätigt mich ein Porträt, welches seitdem in einer Feuersbrunst bei meiner Mutter verlorenging und meinen Vater als einen jungen Menschen von etwa achtzehn oder neunzehn Jahren, in roter Uniform, das Haupt gepudert und versehen mit einem Haarbeutel, darstellt.

Dieses Porträt war günstigerweise mit Pastellfarbe gemalt. Ich sage günstigerweise, da letztere, weit besser als die Ölfarbe mit dem hinzukommenden Glanzleinenfirnis jenen Blütenstaub wiedergeben kann, den wir auf den Gesichtern der Leute, welche Puder tragen, bemerken, und die Unbestimmtheit der Züge vorteilhaft verschleiert. Indem der Maler auf besagtem Porträt mit den kreideweiß gepuderten Haaren und der ebenso weißen Halsbinde das rosichte Gesicht enkadrierte, verlieh er demselben durch den Kontrast ein stärkeres Kolorit, und es tritt kräftiger hervor.

Auch die scharlachrote Farbe des Rocks, die auf Ölgemälden so schauderhaft uns angrinst, macht hier im Gegenteil einen guten Effekt, indem dadurch die Rosenfarbe des Gesichtes angenehm gemildert wird.

Der Typus von Schönheit, der sich in den Zügen desselben aussprach, erinnerte weder an die strenge keusche Idealität der griechischen Kunstwerke noch an den spiritualistisch schwärmerischen, aber mit heidnischer Gesundheit geschwängerten Stil der Renaissance; nein, besagtes Porträt trug vielmehr ganz den Charakter einer Zeit, die eben keinen Charakter besaß, die minder die Schönheit als das Hübsche, das Niedliche, das Kokett-Zierliche liebte; einer Zeit, die es in der

Fadheit bis zur Poesie brachte, jener süßen, geschnörkelten Zeit des Rokoko, die man auch die Haarbeutelzeit nannte und die wirklich als Wahrzeichen, nicht an der Stirn, sondern am Hinterkopfe, einen Haarbeutel trug. Wäre das Bild meines Vaters auf besagtem Porträte etwas mehr Miniatur gewesen, so hätte man glauben können, der vortreffliche Watteau habe es gemalt, um mit phantastischen Arabesken von bunten Edelsteinen und Goldflittern umrahmt auf einem Fächer der Frau von Pompadour zu paradieren.

Bemerkenswert ist vielleicht der Umstand, daß mein Vater auch in seinen späteren Jahren der altfränkischen Mode des Puders treu blieb und bis an sein seliges Ende sich alle Tage pudern ließ, obgleich er das schönste Haar, das man sich denken kann, besaß. Es war blond, fast golden und von einer Weichheit, wie ich sie nur bei chinesischer Flockseide gefunden.

Den Haarbeutel hätte er gewiß ebenfalls gern beibehalten, jedoch der fortschreitende Zeitgeist war unerbitterlich. In dieser Bedrängnis fand mein Vater ein beschwichtigendes Auskunftsmittel. Er opferte nur die Form, das schwarze

Säckchen, den Beutel; die langen Haarlocken jedoch selbst trug er seitdem wie ein breitgeflochtenes Chignon mit kleinen Kämmchen auf dem Haupte befestigt. Diese Haarflechte war bei der Weichheit der Haare und wegen des Puders fast gar nicht bemerkbar, und so war mein Vater doch im Grunde kein Abtrünniger des alten Haarbeuteltums, und er hatte nur, wie so mancher Krypto-Orthodoxe dem grausamen Zeitgeiste sich äußerlich gefügt.

Die rote Uniform, worin mein Vater auf dem erwähnten Porträte abkonterfeit ist, deutet auf hannöversche Dienstverhältnisse. Im Gefolge des Prinzen Ernst von Cumberland befand sich mein Vater zu Anfang der Französischen Revolution und machte den Feldzug in Flandern und Brabant mit in der Eigenschaft eines Proviantmeisters oder Kommissarius oder, wie es die Franzosen nennen, eines Officier de bouche; die Preußen nennen es einen „Mehlwurm“.

Das eigentliche Amt des blutjungen Menschen war aber das eines Günstlings des Prinzen, eines Brummels au petit pied und ohne gesteifte Krawatte, und er teilte auch am Ende das Schicksal solcher Spielzeuge der Fürstengunst. Mein Vater blieb zwar zeitlebens fest überzeugt, daß der Prinz, welcher später König von Hannover ward, ihn nie vergessen habe, doch wußte er sich nie zu erklären, warum der Prinz niemals nach ihm schickte, niemals sich nach ihm erkundigen ließ, da er doch nicht wissen konnte, ob sein ehemaliger Günstling nicht in Verhältnissen lebte, wo er etwa seiner bedürftig sein möchte.

Aus jener Feldzugsperiode stammen manche bedenkliche Liebhabereien meines Vaters, die ihm meine Mutter nur allmählich abgewöhnen konnte. Z. B. er ließ sich gern zu hohem Spiel verleiten, protegierte die dramatische Kunst oder vielmehr ihre Priesterinnen, und gar Pferde und Hunde waren seine Passion. Bei seiner Ankunft in Düsseldorf, wo er sich aus Liebe für meine Mutter als Kaufmann etablierte, hatte er zwölf der schönsten Gäule mitgebracht. Er entäußerte sich aber derselben auf ausdrücklichen Wunsch seiner jungen Gattin, die ihm vorstellte, daß dieses vierfüßige Kapital zuviel Hafer fresse und gar nichts eintrage.

Schwerer ward es meiner Mutter, auch den Stallmeister zu entfernen, einen vierschrötigen Flegel, der beständig mit irgendeinem aufgegabelten Lump im Stalle lag und Karten spielte. Er ging endlich von selbst in Begleitung einer goldenen Repetieruhr meines Vaters und einiger anderer Kleinodien von Wert.

Nachdem meine Mutter den Taugenichts los war, gab sie auch den Jagdhunden meines Vaters ihre Entlassung, mit Ausnahme eines einzigen, welcher Joly hieß, aber erzhäßlich war. Er fand Gnade in ihren Augen, weil er eben gar nichts von einem Jagdhund an sich hatte und ein bürgerlich treuer und tugendhafter Haushund werden konnte. Er bewohnte im leeren Stalle die alte Kalesche meines Vaters, und wenn dieser hier mit ihm zusammentraf, warfen sie sich wechselseitig bedeutende Blicke zu. „Ja, Joly", seufzte dann mein Vater, und Joly wedelte wehmütig mit dem Schwanze.

Ich glaube, der Hund war ein Heuchler, und einst in übler Laune, als sein Liebling über einen Fußtritt allzu jämmerlich wimmerte, gestand mein Vater, daß die Kanaille sich verstelle. Am Ende ward Joly sehr räudig und da er eine wandelnde Kaserne von Flöhen geworden, mußte er ersäuft werden, was mein Vater ohne Einspruch geschehen ließ. – Die Menschen sakrifizieren ihre vierfüßigen Günstlinge mit derselben Indifferenz, wie die Fürsten die zweifüßigen.

Aus der Feldlagerperiode meines Vaters stammte auch wohl seine grenzenlose Vorliebe für den Soldatenstand oder vielmehr für das Soldatenspiel, die Lust an jenem lustigen, müßigen Leben, wo Goldflitter und Scharlachlappen die innere Leere verhüllen und die berauschte Eitelkeit sich als Mut gebärden kann.

In seiner junkerlichen Umgebung gab es weder militärischen Ernst noch wahre Ruhmsucht; von Heroismus konnte gar nicht die Rede sein. Als die Hauptsache erschien ihm die Wachtparade, das klirrende Wehrgehenke, die straff anliegende Uniform, so kleidsam für schöne Männer.

Wie glücklich war daher mein Vater, als zu Düsseldorf die Bürgergarden errichtet wurden und er als Offizier derselben die schöne dunkelblaue, mit himmelblauen Sammetaufschlägen versehene Uniform tragen und an der Spitze seiner Kolonnen an unserem Hause vorbeidefilieren konnte. Vor meiner Mutter, welche errötend am Fenster stand, salutierte er dann mit allerliebster Courtoisie; der Federbusch auf seinem dreieckigen

Hute flatterte da so stolz, und im Sonnenlicht blitzten freudig die Epauletten.

Noch glücklicher war mein Vater in jener Zeit, wenn die Reihe an ihn kam, als kommandierender Offizier die Hauptwache zu beziehen und für die Sicherheit der Stadt zu sorgen. An solchen Tagen floß auf der Hauptwache eitel Rüdesheimer und Aßmannshäuser von den trefflichsten Jahrgängen, alles auf Rechnung des kommandierenden Offiziers, dessen Freigebigkeit seine Bürgergardisten, seine Krethi und Plethi, nicht genug zu rühmen wußten.

Auch genoß mein Vater unter ihnen eine Popularität, die gewiß ebenso groß war, wie die Begeisterung, womit die alte Garde den Kaiser Napoleon umjubelte. Dieser freilich verstand seine Leute in anderer Weise zu berauschen. Den Garden meines Vaters fehlte es nicht an einer gewissen Tapferkeit, zumal wo es galt, eine Batterie von Weinflaschen, deren Schlünde vom größten Kaliber, zu erstürmen. Aber ihr Heldenmut war doch von einer andern Sorte als die, welche wir bei der alten Kaisergarde fanden. Letztere starb und übergab sich nicht, während die Gardisten meines Vaters immer am Leben blieben und sich oft übergaben.

Was die Sicherheit der Stadt Düsseldorf betrifft, so mag es sehr bedenklich damit ausgesehen haben in den Nächten, wo mein Vater auf der Hauptwache kommandierte. Er trug zwar Sorge, Patrouillen auszuschicken, die singend und klirrend in verschiedenen Richtungen die Stadt durchstreiften. Es geschah einst, daß zwei solcher Patrouillen sich begegneten und in der Dunkelheit die einen die andern als Trunkenbolde und Ruhestörer arretieren wollten. Zum Glück sind meine Landsleute ein harmlos fröhliches Völkchen, sie sind im Rausche gutmütig, „ils ont le vin bon", und es geschah kein Malheur; sie übergaben sich wechselseitig.

Eine grenzenlose Lebenslust war ein Hauptzug im Charakter meines Vaters, er war genußsüchtig, frohsinnig, rosenlaunig. In seinem Gemüte war beständig Kirmes, und wenn auch manchmal die Tanzmusik nicht sehr rauschend, so wurden doch immer die Violinen gestimmt. Immer himmelblaue Heiterkeit und Fanfaren des Leichtsinns. Eine Sorglosigkeit, die des vorigen Tages vergaß und nie an den kommenden Morgen denken wollte.

Dieses Naturell stand im wunderlichsten Widerspruch mit der Gravität, die über sein strengruhiges Antlitz verbreitet war und sich in der Haltung und jeder Bewegung des Körpers kundgab. Wer ihn nicht kannte und zum ersten Male diese ernsthafte, gepuderte Gestalt und diese wichtige Miene sah, hätte gewiß glauben können, einen von den sieben Weisen Griechenlands zu erblicken. Aber bei näherer Bekanntschaft merkte man wohl, daß er weder ein Thales noch ein Lampsakus war, der über kosmogonische Probleme nachgrüble. Jene Gravität war zwar nicht erborgt, aber sie erinnerte doch an jene antiken Basreliefs, wo ein heiteres Kind sich eine große tragische Maske vor das Antlitz hält.

Er war wirklich ein großes Kind mit einer kindlichen Naivetät, die bei platten Verstandesvirtuosen sehr leicht für Einfalt gelten konnte, aber manchmal durch irgendeinen tiefsinnigen Ausspruch das bedeutendste Anschauungsvermögen (Intuition) verriet.

Er witterte mit seinen geistigen Fühlhörnern, was die Klugen erst langsam durch die Reflektion begriffen. Er dachte weniger mit dem Kopfe als mit dem Herzen und hatte das liebenswürdigste Herz, das man sich denken kann. Das Lächeln, das manchmal um seine Lippen spielte und mit der oben erwähnten Gravität gar drollig anmutig kontrastierte, war der süße Widerschein seiner Seelengüte.

Auch seine Stimme obgleich männlich, klangvoll, hatte etwas Kindliches, ich möchte fast sagen etwas, das an Waldtöne, etwa an Rotkehlchenlaute erinnerte; wenn er sprach, so drang seine Stimme so direkt zum Herzen, als habe sie gar nicht nötig gehabt, den Weg durch die Ohren zu nehmen.

Er redete den Dialekt Hannovers, wo, wie auch in der südlichen Nachbarschaft dieser Stadt, das Deutsche am besten ausgesprochen wird. Das war ein großer Vorteil für mich, daß solchermaßen schon in der Kindheit durch meinen Vater mein Ohr an eine gute Aussprache des Deutschen gewöhnt wurde, während in unserer Stadt selbst jenes fatale Kauderwelsch des Niederrheins gesprochen wird, das zu Düsseldorf noch einigermaßen erträglich, aber in dem nachbarlichen Köln wahrhaft ekelhaft wird. Köln ist das Toskana einer klassisch schlechten Aussprache des Deutschen, und Kobes klüngelt mit Marizzebill in einer Mundart, die wie faule Eier klingt, fast riecht.

In der Sprache der Düsseldorfer merkt man schon einen Übergang in das Froschgequäke der holländischen Sümpfe. Ich will der holländischen Sprache beileibe nicht ihre eigentümlichen Schönheiten absprechen, nur gestehe ich, daß ich kein Ohr dafür habe. Es mag sogar wahr sein, daß unsere eigene deutsche Sprache, wie patriotische Linguisten in den Niederlanden behauptet haben, nur ein verdorbenes Holländisch sei. Es ist möglich.

Dieses erinnert mich an die Behauptung eines kosmopolitischen Zoologen, welcher den Affen für den Ahnherrn des Menschengeschlechts erklärt; die Menschen sind nach seiner Meinung nur ausgebildete, ja überbildete Affen. Wenn die Affen sprechen könnten, sie würden wahrscheinlich behaupten, daß die Menschen nur ausgeartete Affen seien, daß die Menschheit ein verdorbenes Affentum, wie nach der

Meinung der Holländer die deutsche Sprache ein verdorbenes Holländisch ist.

Ich sage: wenn die Affen sprechen könnten, obgleich ich von solchem Unvermögen des Sprechens nicht überzeugt bin. Die Neger am Senegal versichern steif und fest, die Affen seien Menschen ganz wie wir, jedoch klüger, indem sie sich des Sprechens enthalten, um nicht als Menschen anerkannt und zum Arbeiten gezwungen zu werden; ihre skurrilen Affenspäße seien lauter Pfiffigkeit, wodurch sie bei den Machthabern der Erde für untauglich erscheinen möchten, wie wir andre ausgebeutet zu werden.

Solche Entäußerung aller Eitelkeit würde mir von diesen Menschen, die ein stummes Inkognito beibehalten und sich vielleicht über unsere Einfalt lustig machen, eine sehr hohe Idee einflößen. Sie bleiben frei in ihren Wäldern, dem Naturzustand nie entsagend. Sie könnten wahrlich mit Recht behaupten, daß der Mensch ein ausgearteter Affe sei.

Vielleicht haben unsere Vorfahren im achtzehnten Jahrhundert dergleichen schon geahnt, und indem sie instinktmäßig fühlten, wie unsere glatte Überzivilisation nur eine gefirnißte Fäulnis ist, und wie es nötig sei, zur Natur zurückzukehren, suchten sie sich unserem Urtypus, dem natürlichen Affentum, wieder zu nähern. Sie taten das Mögliche, und als ihnen endlich, um ganz Affe zu sein, nur noch der Schwanz fehlte, ersetzten sie diesen Mangel durch den Zopf So ist die Zopfmode ein bedeutsames Symptom eines ernsten Bedürfnisses und nicht ein Spiel der Frivolität – – doch ich suche vergebens durch das Schellen meiner Kappe die Wehmut zu überklingeln, die mich jedesmal ergreift, wenn ich an meinen verstorbenen Vater denke.

Er war von allen Menschen derjenige, den ich am meisten auf dieser Erde geliebt. Er ist jetzt tot seit länger als 25 Jahren. Ich dachte nie daran, daß ich ihn einst verlieren würde, und selbst jetzt kann ich es kaum glauben, daß ich ihn wirklich verloren habe. Es ist so schwer, sich von dem Tod der Menschen zu überzeugen, die wir so innig liebten. Aber sie sind auch nicht tot, sie leben fort in uns und wohnen in unserer Seele.

Es verging seitdem keine Nacht, wo ich nicht an meinen seligen Vater denken mußte, und wenn ich des Morgens erwache, glaube ich oft noch den Klang seiner Stimme zu hören, wie das Echo eines Traumes. Alsdann ist mir zu Sinn, als müßt ich mich geschwind ankleiden und zu meinem Vater hinabeilen in die große Stube, wie ich als Knabe tat.

Mein Vater pflegte immer sehr frühe aufzustehen und sich an seine Geschäfte zu begeben, im Winter wie im Sommer, und ich fand ihn gewöhnlich schon am Schreibtisch, wo er ohne aufzublicken mir die Hand hinreichte zum Kusse. Eine schöne, feingeschnittene, vornehme Hand, die er immer mit Mandelkleie wusch. Ich sehe sie noch vor mir, ich sehe noch jedes blaue Äderchen, das diese blendend weiße Marmorhand durchrieselte. Mir ist, als steige der Mandelduft prickelnd in meine Nase, und das Auge wird feucht.

Zuweilen blieb es nicht beim bloßen Handkuß, und mein Vater nahm mich zwischen seine Knie und küßte mich auf die Stirn. Eines Morgens umarmte er mich mit ganz ungewöhnlicher Zärtlichkeit und sagte: „Ich habe diese Nacht etwas Schönes von dir geträumt und bin sehr zufrieden mit dir, mein lieber Harry." Während er diese naiven Worte sprach, zog ein Lächeln um seine Lippen, welches zu sagen schien: mag der Harry sich noch so unartig in der Wirklichkeit aufführen, ich werde dennoch, um ihn ungetrübt zu lieben, immer etwas Schönes von ihm träumen.

Harry ist bei den Engländern der familiäre Name derjenigen, welche Henri heißen, und er entspricht ganz meinem deutschen Taufnamen „Heinrich". Die familiären Benennungen des letztern sind in dem Dialekte meiner Heimat äußerst mißklingend, ja fast skurril, z. B. Heinz, Heinzchen, Hinz. Heinzchen werden oft auch die kleinen Hauskobolde genannt, und der gestiefelte Kater im Puppenspiel und überhaupt der Kater in der Volksfabel heißt „Hinze".

Aber nicht um solcher Mißlichkeit abzuhelfen, sondern um einen seiner besten Freunde in England zu ehren, ward von meinem Vater mein Name anglisiert. Mr. Harry war meines Vaters Geschäftsführer (Korrespondent) in Liverpool; er kannte dort die besten Fabriken, wo Velveteen fabriziert wurde, ein Handelsartikel, der meinem Vater sehr am Herzen lag, mehr aus Ambition als aus Eigennutz, denn obgleich er behauptete, daß er viel Geld an jenem Artikel verdiene, so blieb solches doch sehr problematisch, und mein Vater hätte vielleicht noch Geld zugesetzt, wenn es darauf ankam, den Velveteen in besserer Qualität und in größerer Quantität abzusetzen als seine Kompetitoren. Wie denn überhaupt mein Vater eigentlich keinen berechnenden Kaufmannsgeist hatte, obgleich er immer rechnete, und der Handel für ihn vielmehr ein Spiel war, wie die Kinder Soldaten oder Kochen spielen.

Seine Tätigkeit war eigentlich nur eine unaufhörliche Geschäftigkeit. Der Velveteen war ganz besonders seine Puppe, und er war glücklich, wenn die großen Frachtkarren abgeladen wurden, und schon beim Abpacken alle Handelsjuden der benachbarten Gegend die Hausflur füllten; denn die letzteren waren seine besten Kunden, und bei ihnen fand sein Velveteen nicht bloß den größten Absatz sondern auch ehrenhafte Anerkennung.

Da du, teurer Leser, vielleicht nicht weißt, was „Velveteen" ist, so erlaube ich mir, dir zu erklären, daß dieses ein englisches Wort ist, welches samtartig bedeutet, und man benennt damit eine Art Samt von Baumwolle, woraus sehr schöne Hosen, Westen, sogar Kamisöle verfertigt werden. Es trägt dieser Kleidungsstoff auch den Namen „Manchester" nach der gleichnamigen Fabrikstadt, wo derselbe zuerst fabriziert wurde.

Weil nun der Freund meines Vaters, der sich auf den Einkauf des Velveteens am besten verstand, den Namen Harry führte, erhielt auch ich diesen Namen, und Harry ward ich genannt in der Familie und bei Hausfreunden und Nachbarn.

Ich höre mich noch jetzt sehr gern bei diesem Namen nennen, obgleich ich demselben auch viel Verdruß, vielleicht den empfindlichsten Verdruß meiner Kindheit verdankte. Erst jetzt, wo ich nicht mehr unter den Lebenden lebe und folglich alle gesellschaftliche Eitelkeit in meiner Seele erlischt, kann ich ohne Befangenheit davon sprechen.

Hier in Frankreich ist mir gleich nach meiner Ankunft in Paris mein deutscher Name „Heinrich" in „Henri" übersetzt worden, und ich mußte mich darin schicken und auch endlich hierzulande selbst so nennen, da das Wort Heinrich dem französischen Ohr nicht zusagte und überhaupt die Franzosen sich alle Dinge in der Welt recht bequem machen. Auch den Namen „Henri Heine" haben sie nie recht aussprechen können, und bei den meisten heiße ich Mr. Enri Enn; von vielen wird dieses in ein Enrienne zusammengezogen, und einige nannten mich Mr. Un rien.

Das schadet mir in mancherlei literarischer Beziehung, gewährt aber auch wieder einigen Vorteil. Z. B. unter meinen edlen Landsleuten, welche nach Paris kommen, sind manche, die mich hier gern verlästern möchten, aber da sie immer meinen Namen deutsch aussprechen, so kommt es den Franzosen nicht in den Sinn, daß der Bösewicht und Unschuldbrunnenvergifter, über den so schrecklich geschimpft ward, kein anderer als ihr Freund Monsieur Enrienne sei, und jene edlen Seelen haben vergebens ihrem Tugendeifer die Zügel schießen lassen; die Franzosen wissen nicht, daß von mir die Rede ist, und die transrhenanische Tugend hat vergebens alle Bolzen der Verleumdung abgeschossen.

Es hat aber, wie gesagt, etwas Mißliches, wenn man unsern Namen schlecht ausspricht. Es gibt Menschen, die in solchen Fällen eine große Empfindlichkeit an den Tagen legen. Ich machte mir mal den Spaß, den alten Cherubini zu befragen, ob es wahr sei, daß der Kaiser Napoleon seinen Namen immer wie Scherubini und nicht wie Kerubini ausgesprochen, obgleich der Kaiser des Italienischen genugsam kundig war, um zu wissen, wo das italienische ch wie ein que oder k ausgesprochen wird.

Bei dieser Anfrage expektorierte sich der alte Maestro mit höchst komischer Wut.

Ich habe dergleichen nie empfunden.

Heinrich, Harry, Henry – alle diese Namen klingen gut, wenn sie von schönen Lippen gleiten. Am besten freilich klingt Signor Enrico. So hieß ich in jenen hellblauen, mit großen silbernen Sternen gestickten Sommernächten jenes edlen und unglücklichen Landes, das die Heimat der Schönheit ist und Raffael Sanzio von Urbino, Joachimo Rossini und die Principessa Cristina Belgiojoso hervorgebracht hat.

Da mein körperlicher Zustand mir alle Hoffnung raubt, jemals wieder in der Gesellschaft zu leben, und letztere wirklich nicht mehr für mich existiert, so habe ich auch die Fessel jener persönlichen Eitelkeit abgestreift die jeden behaftet, der unter den Menschen, in der sogenannten Welt sich herumtreiben muß.

Ich kann daher jetzt mit unbefangenem Sinn von dem Mißgeschick sprechen, das mit meinem Namen „Harry" verbunden war und mir die schönsten Frühlingsjahre des Lebens vergällte und vergiftete.

Es hatte damit folgende Bewandtnis. In meiner Vaterstadt wohnte ein Mann, welcher „der Dreckmichel" hieß, weil er jeden Morgen mit einem Karren, woran ein Esel gespannt war, die Straßen der Stadt durchzog und vor jedem Hause stillhielt, um den Kehricht, welchen die Mädchen in zierlichen Haufen zusammengekehrt, aufzuladen und aus der Stadt nach dem Mistfelde zu transportieren. Der Mann sah aus wie sein Gewerbe, und der Esel, welcher seinerseits wie sein Herr aussah, hielt still vor den Häusern oder setzte sich in Trab, je nachdem die Modulation war, womit der Michel ihm das Wort „Haarüh!" zurief.

War solches sein wirklicher Name oder nur ein Stichwort? Ich weiß nicht, doch soviel ist gewiß, daß ich durch die Ähnlichkeit jenes Wortes mit meinem Namen Harry außerordentlich viel Leid von Schulkameraden und Nachbarskindern auszustehen hatte. Um mich zu nergeln, sprachen sie ihn ganz so aus, wie der Dreckmichel seinen Esel rief, und ward ich darob erbost, so nahmen die Schälke manchmal eine ganz unschuldige Miene an und verlangten, um jede Verwechselung zu vermeiden, ich sollte sie lehren, wie mein Name und der des Esels ausgesprochen werden müßten, stellten sich aber dabei sehr ungelehrig, meinten, der Michel pflege die erste Silbe immer lang anzuziehen, während er die zweite Silbe immer sehr schnell abschnappen lasse; zu anderen Zeiten geschähe das Gegenteil, wodurch der Ruf wieder ganz meinem eigenen Namen gleichlaute, und indem die Buben in der unsinnigsten Weise alle Begriffe und mich mit dem Esel und wieder diesen mit mir verwechselten, gab es tolle Coq-à-l'âne, über die jeder andere lachen, aber ich selbst weinen mußte.

Als ich mich bei meiner Mutter beklagte, meinte sie, ich solle nur suchen, viel zu lernen und gescheit zu werden, und man werde mich dann nie mit einem Esel verwechseln.

Aber meine Homonymität mit dem schäbigen Langohr blieb mein Alp. Die großen Buben gingen vorbei und grüßten: „Haarüh!" die kleineren riefen mir denselben Gruß, aber in einiger Entfernung. In der Schule ward dasselbe Thema mit raffinierter Grausamkeit ausgebeutet; wenn nur irgend von einem Esel die Rede war, schielte man nach mir, der ich immer errötete, und es ist unglaublich, wie Schulknaben überall Anzüglichkeiten hervorzuheben oder zu erfinden wissen.

Z. B. der eine frug den andern: „Wie unterscheidet sich das Zebra von dem Esel des Barlaam, Sohn Boers?" Die Antwort lautete: „Der eine spricht zebräisch und der andere sprach hebräisch." – Dann kam die Frage – „Wie unterscheidet sich aber der Esel des Dreckmichels von seinem Namensvetter", und die impertinente Antwort war: „Den Unterschied wissen wir nicht." Ich wollte dann zuschlagen, aber man beschwichtigte mich, und mein Freund Dietrich, der außerordentlich schöne Heiligenbildchen zu verfertigen wußte und auch später ein berühmter Maler wurde, suchte mich einst bei einer solchen Gelegenheit zu trösten, indem er mir ein Bild versprach. Er malte für mich einen heiligen Michael – aber der Bösewicht hatte mich schändlich verhöhnt. Der Erzengel hatte die Züge des Dreckmichels, sein Roß sah ganz aus wie dessen Esel, und statt einen Drachen durchstach die Lanze das Aas einer toten Katze.

Sogar der blondlockichte, sanfte, mädchenhafte Franz, den ich so sehr liebte, verriet mich einst: er schloß mich in seine Arme, lehnte seine Wange zärtlich an die meinige, blieb lange sentimental an meiner Brust und – rief mir plötzlich ins Ohr ein lachendes Haarüh! – das schnöde Wort im Davonlaufen beständig modulierend, daß es weithin durch die Kreuzgänge des Klosters widerhallte.

Noch roher behandelten mich einige Nachbarskinder, Gassenbuben jener niedrigsten Klasse, welche wir in Düsseldorf „Haluten" nannten, ein Wort, welches Etymologienjäger gewiß von den Heloten der Spartaner ableiten würden.

Ein solcher Halut war der kleine Jupp, welches Joseph heißt, und den ich auch mit seinem Vatersnamen Flader benennen will, damit er beileibe nicht mit dem Jupp Rörsch verwechselt werde, welcher ein ganz artiges Nachbarskind war und, wie ich zufällig erfahren, jetzt als Postbeamter in Bonn lebt. Der Jupp Flader trug immer einen langen Fischerstecken, womit er nach mir schlug, wenn er mir begegnete. Er pflegte mir auch gern Roßäpfel an den Kopf zu werfen, die er brühwarm, wie sie aus dem Backofen der Natur kamen, von der Straße aufraffte. Aber nie unterließ er dann auch das fatale „Haarüh!" zu rufen und zwar in allen Modulationen.

Der böse Bub war der Enkel der alten Frau Flader, welche zu den Klientinnen meines Vaters gehörte. So böse der Bub war, so gutmütig war die arme Großmutter, ein Bild der Armut, und des Elends, aber nicht abstoßend, sondern nur herzzerreißend. Sie war wohl über 80 Jahre alt, eine große Schlottergestalt, ein weißes Ledergesicht mit blassen Kummeraugen, eine weiche, röchelnde, wimmernde Stimme, und bettelnd ganz ohne Phrase, was immer furchtbar klingt.

Mein Vater gab ihr immer einen Stuhl, wenn sie kam, ihr Monatsgeld abzuholen an den Tagen, wo er als Armenpfleger seine Sitzungen hielt.

Von diesen Sitzungen meines Vaters als Armenpfleger blieben mir nur diejenigen im Gedächtnis, welche im Winter stattfanden, in der Frühe des Morgens, wenn's noch dunkel war. Mein Vater saß dann an einem großen Tische, der mit Geldtüten jeder Größe bedeckt war; statt der silbernen Leuchter mit Wachskerzen, deren sich mein Vater gewöhnlich bediente und womit er, dessen Herz so viel Takt besaß, vor der Armut nicht prunken wollte, standen jetzt auf dem Tische zwei kupferne Leuchter mit Talglichtern, die mit der roten Flamme des dicken schwarzgebrannten Dochtes gar traurig die anwesende Gesellschaft beleuchteten.

Das waren arme Leute jedes Alters, die bis in den Vorsaal Queue machten. Einer nach dem andern kam seine Tüte in Empfang zu nehmen, und mancher erhielt zwei; die große Tüte enthielt das Privatalmosen meines Vaters, die kleine das Geld der Armenkasse.

Ich saß auf einem hohen Stuhle neben meinem Vater und reichte ihm die Tüten. Mein Vater wollte nämlich, ich sollte lernen, wie man gibt, und in diesem Fache konnte man bei meinem Vater etwas Tüchtiges lernen.

Viele Menschen haben das Herz auf dem rechten Fleck, aber sie verstehen nicht zu geben, und es dauert lange, ehe der Wille des Herzens den Weg bis zur Tasche macht; zwischen dem guten Vorsatz und der Vollstreckung vergeht langsam die Zeit wie bei einer Postschnecke. Zwischen dem Herzen meines Vaters und seiner Tasche war gleichsam schon eine Eisenbahn eingerichtet. Daß er durch die Aktionen solcher Eisenbahn nicht reich wurde, versteht sich von selbst. Bei der Nord- oder Lyon-Bahn ist mehr verdient worden.

Die meisten Klienten meines Vaters waren Frauen und zwar alte, und auch in späteren Zeiten, selbst damals als seine

Umstände sehr unglänzend zu sein begannen, hatte er eine solche Klientel von bejahrten Weibspersonen, denen er kleine Pensionen verabreichte. Sie standen überall auf der Lauer, wo sein Weg ihn vorüberführen mußte, und er hatte solchermaßen eine geheime Leibwache von alten Weibern, wie einst der selige Robespierre.

Unter dieser altergrauen Garde war manche Vettel, die durchaus nicht aus Dürftigkeit ihm nachlief, sondern aus wahrem Wohlgefallen an seiner Person, an seiner freundlichen und immer liebreichen Erscheinung.

Er war ja die Artigkeit in Person, nicht bloß den jungen sondern auch den älteren Frauen gegenüber, und die alten Weiber, die so grausam sich zeigen, wenn sie verletzt werden, sind die dankbarste Nation, wenn man ihnen einige Aufmerksamkeit und Zuvorkommenheit erwiesen, und wer in Schmeicheleien bezahlt sein will, der findet in ihnen Personen, die nicht knickern, während die jungen schnippischen Dinger uns für alle unsere Zuvorkommenheiten kaum eines Kopfnickens würdigen.

Da nun für schöne Männer, deren Spezialität drin besteht, daß sie schöne Männer sind, die Schmeichelei ein großes Bedürfnis ist und es ihnen dabei gleichgültig ist, ob der Weihrauch aus einem rosichten oder welken Munde kommt, wenn er nur stark und reichlich hervorquillt, so begreift man, wie mein teurer Vater, ohne eben darauf spekuliert zu haben, dennoch in seinem Verkehr mit den alten Damen ein gutes Geschäft machte.

Es ist unbegreiflich, wie groß oft die Dosis Weihrauch war, mit welcher sie ihn eindampften, und wie gut er die stärkste Portion vertragen konnte. Das war sein glückliches Temperament, durchaus nicht Einfalt. Er wußte sehr wohl, daß man ihm schmeichle, aber er wußte auch, daß Schmeichelei, wie Zucker, immer süß ist, und er war wie das Kind, welches zu der Mutter sagt: Schmeichle mir ein bißchen, sogar ein bißchen zuviel.

Das Verhältnis meines Vaters zu den besagten Frauen hatte aber noch außerdem einen ernsteren Grund. Er war nämlich ihr Ratgeber, und es ist merkwürdig, daß dieser Mann, der sich selber so schlecht zu raten wußte, dennoch die Lebensklugheit selbst war, wenn es galt, anderen in mißlichen Vorfallenheiten einen guten Rat zu erteilen. Er durchschaute dann gleich die Position, und wenn die betrübte Klientin ihm auseinandergesetzt, wie es ihr in ihrem Gewerbe immer schlimmer gehe, so tat er am Ende einen Ausspruch, den ich so oft, wenn alles schlecht ging, aus seinem Munde hörte, nämlich: „In diesem Falle muß man ein neues Fäßchen anstechen." Er wollte damit anraten, daß man nicht in einer verlorenen Sache eigensinnig ferner beharren, sondern etwas Neues beginnen, eine neue Richtung einschlagen müsse. Man muß dem alten Faß, woraus nur saurer Wein und nur sparsam tröpfelt, lieber gleich den Boden ausschlagen und „ein neues Fäßchen anstechen!" Aber statt dessen legt man sich faul mit offenem Mund unter das trockene Spundloch und hofft auf süßeres und reichlicheres Rinnen.

Als die alte Hanne meinem Vater klagte, daß ihre Kundschaft abgenommen und sie nichts mehr zu brocken und, was für sie noch empfindlicher, nichts mehr zu schlucken habe, gab er ihr erst einen Taler und dann sann er nach. Die alte Hanne war früher eine der vornehmsten Hebammen, aber in späteren Jahren ergab sie sich etwas dem Trinken und besonders dem

Tabakschnupfen; da in ihrer roten Nase immer Tauwetter war und der Tropfenfall die weißen Bettücher der Wöchnerinnen sehr verbräunte, so ward die Frau überall abgeschafft.

Nachdem mein Vater nun reiflich nachgedacht, sagte er endlich: „Da muß man ein neues Fäßchen anstechen, und diesmal muß es ein Branntweinfäßchen sein; ich rate Euch, in einer etwas vornehmen, von Matrosen besuchten Straße am Hafen einen kleinen Likörladen zu eröffnen, ein Schnapslädchen."

Die Exhebamme folgte diesem Rat, sie etablierte sich mit einer Schnapsbutike am Hafen, machte gute Geschäfte und sie hätte gewiß ein Vermögen erworben, wenn nicht unglücklicherweise sie selbst ihre beste Kunde gewesen wäre. Sie verkaufte auch Tabak, und ich sah sie oft vor ihrem Laden stehen mit ihrer rot aufgedunsenen Schnupftabaksnase, eine lebende Reklame, die manchen gefühlvollen Seemann anlockte.

Zu den schönen Eigenschaften meines Vaters gehörte vorzüglich seine große Höflichkeit, die er, als ein wahrhaft vornehmes Mann, ebensosehr gegen Arme wie gegen Reiche ausübte. Ich bemerkte dieses besonders in den oberwähnten

Sitzungen, wo er, den armen Leuten ihre Geldtüte verabreichend, ihnen immer einige höfliche Worte sagte.

Ich konnte da etwas lernen, und in der Tat, mancher berühmte Wohltäter, der den armen Leuten immer die Tüte an den Kopf warf, daß man mit jedem Taler auch ein Loch in den Kopf bekam, hätte hier bei meinem höflichen Vater etwas lernen können. Er befragte die meisten armen Weiber nach ihrem Befinden und er war so gewohnt an die Redeformel: „Ich habe die Ehre", daß er sie auch anwandte, wenn er mancher Vettel, die etwa unzufrieden und patzig, die Türe zeigte.

Gegen die alte Flader war er am höflichsten und er bot ihr immer einen Stuhl. Sie war auch wirklich so schlecht auf den Beinen und konnte mit ihrer Handkrücke kaum forthumpeln.

Als sie zum letztenmal zu meinem Vater kam, um ihr Monatsgeld abzuholen, war sie so zusammenfallend, daß ihr Enkel, der Jupp, sie führen mußte. Dieser warf mir einen sonderbaren Blick zu, als er mich an dem Tische neben meinem Vater sitzen sah. Die Alte erhielt außer der kleinen Tüte auch noch eine ganz große Privattüte von meinem Vater und sie ergoß sich in einen Strom von Segenswünschen und Tränen.

Es ist fürchterlich, wenn eine alte Großmutter so stark weint. Ich hätte selbst weinen können, und die alte Frau mochte es mir wohl anmerken. Sie konnte nicht genug rühmen, welch ein hübsches Kind ich sei, und sie sagte, sie wollte die Mutter Gottes bitten, dafür zu sorgen, daß ich niemals im Leben Hunger leiden und bei den Leuten betteln müsse.

Mein Vater ward über diese Worte etwas verdrießlich, aber die Alte meinte es ehrlich; es lag in ihrem Blick etwas so Geisterhaftes aber zugleich Frömmiges und Liebreiches, und sie sagte zuletzt zu ihrem Enkel: „Geh, Jupp, und küsse dem lieben Kinde die Hand." Der Jupp schnitt eine säuerliche Grimasse, aber er gehorchte dem Befehl der Großmutter; ich fühlte auf meiner Hand seine brennenden Lippen wie den Stich einer Viper. Schwerlich konnte ich sagen, warum, aber ich zog aus der Tasche alle meine Fettmännchen und gab sie dem Jupp, der mit einem roh blöden Gesicht sie Stück vor Stück zählte und endlich ganz gelassen in die Tasche seiner Bux steckte.

Zur Belehrung des Lesers bemerke ich, daß „Fettmännchen" der Name einer fettigdicken Kupfermünze ist, die ungefähr einen Sou wert ist.

Die alte Flader ist bald darauf gestorben, aber der Jupp ist gewiß noch am Leben, wenn er nicht seitdem gehenkt worden ist. – Der böse Bube blieb unverändert. Schon den andern Tag nach unserm Zusammentreffen bei meinem Vater begegnete ich ihm auf der Straße. Er ging mit seiner wohlbekannten langen Fischerrute. Er schlug mich wieder mit diesem Stecken, warf auch wieder nach mir mit einigen Roßäpfeln und schrie wieder das fatale Haarüh! und zwar so laut und die Stimme des Dreckmichels so treu nachahmend, daß der Esel desselben, der sich mit dem Karren zufällig in einer Nebengasse befand, den Ruf seines Herrn zu vernehmen glaubte und ein fröhliches I-A erschallen ließ.

Wie gesagt, die Großmutter des Jupp ist bald darauf gestorben und zwar in dem Ruf einer Hexe, was sie gewiß nicht war, obgleich unsere Zippel steif und fest das Gegenteil behauptete.

Zippel war der Name einer noch nicht sehr alten Person, welche eigentlich Sibylle hieß, meine erste Wärterin war und auch später im Hause blieb. Sie befand sich zufällig im Zimmer am Morgen der erwähnten Szene, wo die alte Flader mir so viele Lobsprüche erteilte und die Schönheit des Kindes bewunderte.

Als die Zippel diese Worte hörte, erwachte in ihr der alte Volkswahn, daß es den Kindern schädlich sei, wenn sie solchermaßen gelobt werden, daß sie dadurch erkranken oder von einem Übel befallen werden, und um das Übel abzuwenden, womit sie mich bedroht glaubte, nahm sie ihre Zuflucht zu dem vom Volksglauben als probat empfohlenen Mittel, welches darin besteht, daß man das gelobte Kind dreimal anspucken muß. Sie kam auch gleich auf mich zugesprungen und spuckte mir hastig dreimal auf den Kopf.

Doch dieses war erst ein provisorisches Bespeien, denn die Wissenden behaupten, wenn die bedenkliche Lobspende von einer Hexe gemacht worden, so könne der böse Zauber nur durch eine Person gebrochen werden, die ebenfalls eine Hexe, und so entschloß sich die Zippel noch denselben Tag zu einer Frau zu gehen, die ihr als Hexe bekannt war und ihr auch, wie ich später erfahren, manche Dienste durch ihre geheimnisvolle und verbotene Kunst geleistet hatte. Diese Hexe bestrich mir mit ihrem Daumen, den sie mit Speichel angefeuchtet, den Scheitel des Hauptes, wo sie einige Haare abgeschnitten; auch andere Stellen bestrich sie solchermaßen, während sie allerlei

Abrakadabra-Unsinn dabei murmelte, und so ward ich vielleicht schon frühe zum Teufelspriester ordiniert.

Jedenfalls hat diese Frau, deren Bekanntschaft mir seitdem verblieb, mich späterhin, als ich schon erwachsen, in die geheime Kunst iniziert.

Ich bin zwar selbst kein Hexenmeister geworden, aber ich weiß, wie gehext wird, und besonders weiß ich, was keine Hexerei ist.

Jene Frau nannte man die Meisterin oder auch die Göchin, weil sie aus Goch gebürtig war, wo auch ihr verstorbener Gatte, der das verrufene Gewerbe eines Scharfrichters trieb, sein Domizil hatte und von nah und fern zu Amtsverrichtungen gerufen wurde. Man wußte, daß er seiner Witwe mancherlei Arkana hinterlassen, und diese verstand es, diesen Ruf auszubeuten.

Ihre besten Kunden waren Bierwirte, denen sie die Totenfinger verkaufte, die sie noch aus der Verlassenschaft ihres Mannes zu besitzen vorgab. Das sind Finger eines gehenkten Diebes, und sie dienen dazu, das Bier im Fasse wohlschmeckend zu machen und zu vermehren. Wenn man nämlich den Finger eines Gehenkten, zumal eines unschuldig Gehenkten, an einem Bindfaden befestigt im Fasse hinabhängen läßt, so wird das Bier dadurch nicht bloß wohlschmeckender, sondern man kann aus besagtem Fasse doppelt, ja vierfach soviel zapfen, wie aus einem gewöhnlichen Fasse von gleicher Größe. Aufgeklärte Bierwirte pflegen ein rationaleres Mittel anzuwenden, um das Bier zu vermehren, aber es verliert dadurch an Stärke.

Auch von jungen Leuten zärtlichen Herzens hatte die Meisterin viel Zuspruch und sie versah sie mit Liebesträumen, denen sie in ihrer scharlatanischen Latinitätswut, wo sie das Latein noch lateinischer klingen lassen wollte, den Namen eines Philtrariums erteilte, den Mann, der den Trank seiner Schönen eingab, nannte sie den Philtrarius und die Dame hieß dann die Philtrariata.

Es geschah zuweilen, daß das Philtrarium seine Wirkung verfehlte oder gar eine entgegengesetzte hervorbrachte. So hatte z. B. ein ungeliebter Bursche, der seine spröde Schöne beschwatzt hatte, mit ihm eine Flasche Wein zu trinken, ein Philtrarium unversehens in ihr Glas gegossen, und er bemerkte auch in dem Benehmen seiner Philtrariata, sobald sie getrunken hatte, eine seltsame Veränderung, eine gewisse Benautigkeit, die er für den Durchbruch einer Liebesbrunst hielt, und glaubte sich dem großen Momente nahe. Aber ach! als er die Errötende jetzt gewaltsam in seine Arme schloß, drang ihm ein Duft in die Nase, der nicht zu den Parfümerien Amors gehört, er merkte, daß das Philtrarium vielmehr als ein Laxarium agierte, und seine Leidenschaft ward dadurch gar widerwärtig abgekühlt.

Die Meisterin rettete den Ruf ihrer Kunst, indem sie behauptete den unglücklichen Philtrarius mißverstanden und geglaubt zu haben, er wolle von seiner Liebe geheilt sein.

Besser als ihre Liebestränke waren die Ratschläge, womit die Meisterin ihre Philtrarien begleitete; sie riet nämlich, immer etwas Gold in der Tasche zu tragen, indem Gold sehr gesund sei und besonders dem Liebenden Glück bringe. Wer erinnert sich nicht hier an des ehrlichen Jagos Worte im „Othello", wenn er dem verliebten Rodrigo sagt: „Take money in your pocket!"

Mit dieser großen Meisterin stand nun unsere Zippel in intimer Bekanntschaft, und wenn es jetzt nicht eben mehr

Liebestränke waren, die sie hier kaufte, so nahm sie doch die Kunst der Göchin manchmal in Anspruch, wenn es galt, an einer beglückten Nebenbuhlerin, die ihren eigenen ehemaligen Schatz heuratete, sich zu rächen, indem sie ihr Unfruchtbarkeit oder dem Ungetreuen die schnödeste Entmannung anhexen ließ. Das Unfruchtbarmachen geschah durch Nestelknüpfen. Das ist sehr leicht: man begibt sich in die Kirche, wo die Trauung der Brautleute stattfindet, und in dem Augenblick, wo der Priester über dieselben die Trauungsformel ausspricht, läßt man ein eisernes Schloß, welches man unter der Schürze verborgen hielt, schnell zuklappen; so wie jenes Schloß, verschließt sich auch jetzt der Schoß der Neuvermählten.

Die Zeremonien, welche bei der Entmannung beobachtet werden, sind so schmutzig und haarsträubend grauenhaft, daß ich sie unmöglich mitteilen kann. Genug, der Patient wird nicht im gewöhnlichen Sinne unfähig gemacht, sondern in der wahren Bedeutung des Wortes seiner Geschlechtlichkeit beraubt, und die Hexe, welche im Besitze des Raubes bleibt, bewahrt folgendermaßen dieses corpus delicti, dieses Ding ohne Namen, welches sie auch kurzweg „das Ding" nennt; die lateinsüchtige Göcherin nannte es immer einen Numen

Pompilius, wahrscheinlich eine Reminiszenz an König Numa, den weisen Gesetzgeber, den Schüler der Nymphe Egeria, der gewiß nie geahnt, wie schändlich sein ehrlicher Namen einst mißbraucht würde.

Die Hexe verfährt wie folgt. Das Ding, dessen sie sich bemächtigt, legt sie in ein leeres Vogelnest und befestigt dasselbe ganz hoch zwischen den belaubten Zweigen eines Baumes; auch die Dinger, die sie später ihren Eigentümern entwenden konnte, legt sie in dasselbe Vogelnest, doch so, daß nie mehr als ein halb Dutzend darin zu liegen kommen. Im Anfang sind die Dinger sehr kränklich und miserabel, vielleicht durch Emotion und Heimweh, aber die frische Luft stärkt sie und sie geben Laute von sich wie das Zirpen von Zikaden. Die Vögel, die den Baum umflattern, werden davon getäuscht und meinen, es seien noch unbefiederte Vögel, und aus Barmherzigkeit kommen sie mit Speise in ihren Schnäblein, um die mutterlosen Waisen zu füttern, was diese sich wohl gefallen lassen, so daß sie dadurch erstarken, ganz fest und gesund werden, und nicht mehr leise zirpen, sondern laut zwitschern. Drob freut sich nun die Hexe, und in kühlen Sommernächten, wenn der Mond recht deutschsentimental herunterscheint, setzt sich die Hexe unter den Baum, horchend dem Gesang der Dinge, die sie dann ihre süßen Nachtigallen nennt.

Sprenger in seinem „Hexenhammer", „Malleus maleficarum", erwähnt auch diese Verruchtheiten der Unholdinnen in bezug auf obige Zauberei, und ein alter Autor, den Scheible in seinem „Kloster" zitiert und dessen Name mir entfallen, erzählt, wie die Hexen oft gezwungen werden, ihre Beute den Entmannten zurückzugeben.

Die Hexe begeht den Mannheitsdiebstahl aber meistens in der Absicht, von den Entmannten durch die Restitution ein sogenanntes Kostgeld zu erpressen. Bei dieser Zurückgabe des entwendeten Gegenstands gibt es zuweilen Verwechselungen und Quiproquos, die sehr ergötzlicher Art, und ich kenne die Geschichte eines Domherrn, dem ein falscher Numa Pompilius zurückgeliefert ward, der, wie die Haushälterin des geistlichen Herrn, seine Nymphe Egeria, behauptete, eher einem Türken als einem Christenmenschen angehört haben mußte.

Als einst ein solcher Entmannter auf Restitution drang, befahl ihm die Hexe, eine Leiter zu nehmen und ihr in den Garten zu folgen, dort auf den vierten Baum hinaufzusteigen und in einem

Vogelnest, das er hier befestigt fände, das verlorene Gut wieder herauszusuchen. Der arme Mensch befolgte die Instruktion, hörte aber, wie die Hexe ihm lachend zurief: „Ihr habt eine zu große Meinung von Euch. Ihr irrt Euch, was Ihr da herausgezogen, gehört einem sehr großen geistlichen Herrn, und ich käme in die größte Schererei, wenn es mir abhanden käme." -

Es war aber wahrlich nicht die Hexerei, was mich zuweilen zur Göcherin trieb. Ich unterhielt die Bekanntschaft mit der Göcherin, und ich mochte wohl schon in einem Alter von sechzehn Jahren sein, als ich öfter als früher nach ihrer Wohnung ging, hingezogen von einer Hexerei, die stärker war als alle ihre lateinisch bombastischen Philtraria. Sie hatte nämlich eine Nichte, welche ebenfalls kaum 16 Jahre alt war, aber, plötzlich aufgeschossen zu einer hohen schlanken Gestalt, viel älter zu sein schien. Das plötzliche Wachstum war auch schuld, daß sie äußerst mager war. Sie hatte jene enge Taille, welche wir bei den Quarteronen in Westindien bemerken, und da sie kein Korsett und kein Dutzend Unterröcke trug, so glich ihre eng anliegende Kleidung dem nassen Gewand einer Statue. Keine marmorne Statue konnte freilich mit ihr an Schönheit wetteifern, da sie das Leben selbst und jede Bewegung die Rhythmen ihres Leibes, ich möchte sagen sogar die Musik ihrer Seele offenbarte. Keine von den Töchtern der Niobe hatte ein edler geschnittenes Gesicht; die Farbe desselben wie ihre Haut überhaupt war von einer etwas wechselnden Weiße. Ihre großen tiefdunklen Augen sahen aus, als hätten sie ein Rätsel aufgegeben und warteten ruhig auf die Lösung, während der Mund mit den schmalen hochaufgeschürzten Lippen und den kreideweißen, etwas länglichen Zähnen zu sagen schien: Du bist zu dumm und wirst vergebens raten.

Ihr Haar war rot, ganz blutrot und hing in langen Locken bis über ihre Schultern hinab, so daß sie dasselbe unter dem Kinn zusammenbinden konnte. Das gab ihr aber das Aussehen, als habe man ihr den Hals abgeschnitten und in roten Strömen quölle daraus hervor das Blut.

Die Stimme der Josepha oder des roten „Sefchen", wie man die schöne Nichte der Göcherin nannte, war nicht besonders wohllautend und ihr Sprachorgan war manchmal bis zur Klanglosigkeit verschleiert, doch plötzlich, wenn die Leidenschaft eintrat, brach der metallreichste Ton hervor, der mich ganz besonders durch den Umstand ergriff, daß die Stimme der Josepha mit der meinigen eine so große Ähnlichkeit hatte.

Wenn sie sprach, erschrak ich zuweilen und glaubte, mich selbst sprechen zu hören, und auch ihr Gesang erinnerte mich an Träume, wo ich mich selber mit derselben Art und Weise singen hörte.

Sie wußte viele alte Volkslieder und hat vielleicht bei mir den Sinn für diese Gattung geweckt, wie sie gewiß den größten Einfluß auf den erwachenden Poeten übte, so daß meine ersten Gedichte der „Traumbilder", die ich bald darauf schrieb, ein düstres und grausames Kolorit haben wie das Verhältnis, das damals seine blutrünstigen Schatten in mein junges Leben und Denken warf.

Unter den Liedern, die Josepha sang, war ein Volkslied, das sie von der Zippel gelernt, und welches diese auch mir in meiner Kindheit oft vorgesungen, so daß ich zwei Strophen im Gedächtnis behielt, die ich um so lieber hier mitteilen will, da ich das Gedicht in keiner der vorhandenen

Volksliedersammlungen fand. Sie lauten folgendermaßen –
zuerst spricht der böse Tragig:

„Otilje lieb, Otilje mein,

Du wirst wohl nicht die letzte sein –

Sprich, willst du hängen am hohen Baum?

Oder willst du schwimmen im blauen See?

Oder willst du küssen das blanke Schwert,

Was der liebe Gott beschert?"

  Hierauf antwortet Otilje:

„Ich will nicht hängen am hohen Baum

Ich will nicht schwimmen im blauen See,

Ich will küssen das blanke Schwert,

Was der liebe Gott beschert!"

  Als das rote Sefchen einst das Lied singend an das Ende dieser
Strophe kam und ich ihr die innere Bewegung abmerkte, ward
auch ich so erschüttert, daß ich in ein plötzliches Weinen
ausbrach, und wir fielen uns beide schluchzend in die Arme,
sprachen kein Wort, wohl eine Stunde lang, während uns die
Tränen aus den Augen rannen und wir uns wie durch einen
Tränenschleier ansahen.

Ich bat Sefchen, mir jene Strophen aufzuschreiben, und sie tat es, aber sie schrieb sie nicht mit Tinte, sondern mit ihrem Blute; das rote Autograph kam mir später abhanden, doch die Strophen blieben mir unauslöschlich im Gedächtnis.

Der Mann der Göchin war der Bruder von Sefchens Vater, welcher ebenfalls Scharfrichter war, doch da derselbe früh starb, nahm die Göchin das kleine Kind zu sich. Aber als bald darauf ihr Mann starb und sie sich in Düsseldorf ansiedelte, übergab sie das Kind dem Großvater, welcher ebenfalls Scharfrichter war und im Westfälischen wohnte.

Hier, in dem „Freihaus", wie man die Scharfrichterei zu nennen pflegt, verharrte Sefchen bis zu ihrem vierzehnten Jahre, wo der Großvater starb und die Göchin die ganz Verwaiste wieder zu sich nahm.

Durch die Unehrlichkeit ihrer Geburt führte Sefchen von ihrer Kindheit bis ins Jungfrauenalter ein vereinsamtes Leben und gar auf dem Freihof ihres Großvaters war sie von allem gesellschaftlichen Umgang abgeschieden. Daher ihre Menschenscheu, ihr sensitives Zusammenzucken vor jeder fremden Berührung, ihr geheimnisvolles Hinträumen, verbunden mit dem störrigsten Trutz, mit der patzigsten Halsstarrigkeit und Wildheit.

Sonderbar! sogar in ihren Träumen, wie sie mir einst gestand, lebte sie nicht mit Menschen, sondern sie träumte nur von Tieren.

In der Einsamkeit der Scharfrichterei konnte sie sich nur mit den alten Büchern des Großvaters beschäftigen, welcher letztere ihr zwar Lesen und Schreiben selbst lehrte, aber doch äußerst wortkarg war.

Manchmal war er mit seinen Knechten auf mehrere Tage abwesend, und das Kind blieb dann allein im Freihaus, welches nahe am Hochgericht in einer waldigen Gegend sehr einsam gelegen war. Zu Hause blieben nur drei alte Weiber mit greisen Wackelköpfen, die beständig ihre Spinnräder schnurren ließen, hüstelten, sich zankten und viel Branntewein tranken.

Besonders in Winternächten, wo der Wind draußen die alten Eichen schüttelte, und der große flackernde Kamin so sonderbar heulte, ward es dem armen Sefchen sehr unheimlich im einsamen Hause; denn alsdann fürchtete man auch den Besuch der Diebe, nicht der lebenden, sondern der toten, der gehenkten, die vom Galgen sich losgerissen und an die niederen Fensterscheiben des Hauses klopften und Einlaß verlangten, um sich ein bißchen zu wärmen. Sie schneiden so jämmerlich verfrorene Grimassen. Man kann sie nur dadurch verscheuchen, daß man aus der Eisenkammer ein Richtschwert holt und ihnen damit droht; alsdann huschen sie wie ein Wirbelwind von dannen.

Manchmal lockt sie nicht bloß das Feuer des Herdes, sondern auch die Absicht, die ihnen vom Scharfrichter gestohlenen Finger wieder zu stehlen. Hat man die Tür nicht hinlänglich verriegelt, so treibt sie auch noch im Tode das alte Diebesgelüste, und sie stehlen die Laken aus den Schränken und Betten. Eine von den alten Frauen, die einst einen solchen Diebstahl noch zeitig bemerkte, lief dem toten Diebe nach, der im Winde das Laken flattern ließ, und einen Zipfel erfassend, entriß sie ihm den Raub, als er den Galgen erreicht hatte und sich auf das Gebälke desselben flüchten wollte.

Nur an Tagen, wo der Großvater sich zu einer großen Hinrichtung anschickte, kamen aus der Nachbarschaft die Kollegen zum Besuche, und dann wurde gesotten, gebraten, geschmaust, getrunken, wenig gesprochen und gar nicht gesungen. Man trank aus silbernen Bechern, statt daß dem unehrlichen Freimeister oder gar seinen Freiknechten in den Wirtshäusern, wo sie einkehrten, nur eine Kanne mit hölzernem Deckel gereicht wurde, während man allen anderen Gästen aus Kannen mit zinnernen Deckeln zu trinken gab. An manchen Orten wird das Glas zerbrochen, woraus der Scharfrichter getrunken; niemand spricht mit ihm, jeder vermeidet die geringste Berührung. Diese Schmach ruht auf seiner ganzen Sippschaft, weshalb auch die Scharfrichterfamilien nur untereinander heuraten.

Als Sefchen, wie sie mir erzählte, schon acht Jahr alt war, kamen an einem schönen Herbsttage eine ungewöhnliche Anzahl von Gästen aufs Gehöft des Großvaters, obgleich eben keine Hinrichtung oder sonstige peinliche Amtspflicht zu vollstrecken stand. Es waren ihrer wohl über ein Dutzend, fast alle sehr alte Männchen mit eisgrauen oder kahlen Köpfchen, die unter ihren langen roten Mänteln ihr Richtschwert und ihre sonntäglichsten, aber ganz altfränkischen Kleider trugen. Sie kamen, wie sie sagten, um zu „tagen", und was Küche und Keller am Kostbarsten besaß, ward ihnen beim Mittagsmahl aufgetischt.

Es waren die ältesten Scharfrichter aus den entferntesten Gegenden, hatten einander lange nicht gesehen, schüttelten sich unaufhörlich die Hände, sprachen wenig, und oft in einer geheimnisvollen Zeichensprache und amüsierten sich in ihrer Weise, das heißt „moult tristement", wie Froissart von den Engländern sagte, die nach der Schlacht bei Poitiers bankettierten.

Als die Nacht hereinbrach, schickte der Hausherr seine Knechte aus dem Hause, befahl der alten Schaffnerin, aus dem Keller drei Dutzend Flaschen seines besten Rheinweins zu holen und auf den Steintisch zu stellen, der draußen vor den großen, einen Halbkreis bildenden Eichen stand; auch die Eisenleuchter für die Kienlichter befahl er dort aufzustellen und endlich schickte er die Alte nebst den zwei anderen Vetteln mit einem Vorwande aus dem Hause. Sogar an des Hofhundes kleinem Stall, wo die Planken eine Öffnung ließen, verstopfte er dieselben mit einer Pferdedecke; der Hund ward sorgsam angekettet.

Das rote Sefchen ließ der Großvater im Hause, er gab ihr den Auftrag, den großen silbernen Pokal, worauf die Meergötter mit ihren Delphinen und Muscheltrompeten abgebildet, rein auszuschwenken und auf den erwähnten Steintisch zu stellen – dann aber, setzte er mit Befangenheit hinzu, solle sie sich unverzüglich in ihrem Schlafkämmerlein zu Bette begeben.

Den Neptunspokal hat das rote Sefchen ganz gehorsamlich ausgeschwenkt und auf den Steintisch zu den Weinflaschen gestellt, aber zu Bette ging sie nicht, und von Neugier getrieben verbarg sie sich hinter einem Gebüsche nahe bei den Eichen, wo sie zwar wenig hören, jedoch alles genau sehen konnte, was vorging.

Die fremden Männer mit dem Großvater an ihrer Spitze kamen feierlich paarweis herangeschritten und setzten sich auf hohen Holzblöcken im Halbkreis um den Steintisch, wo die Harzlichter angezündet worden und ihre ernsthaften, steinharten Gesichter gar grauenhaft beleuchteten.

Sie saßen lange schweigend oder vielmehr in sich hineinmurmelnd, vielleicht betend. Dann goß der Großvater den Pokal voll Wein, den jeder nun austrank und mit wieder neu eingeschenktem Wein seinem Nachbar zustellte; nach jedem Trunk schüttelte man sich auch biderbe die Hände.

Endlich hielt der Großvater eine Anrede, wovon das Sefchen eben wenig hören konnte und gar nichts verstand, die aber sehr traurige Gegenstände zu behandeln schien, da große Tränen aus des alten Mannes Augen herabtropften und auch die anderen alten Männer bitterlich zu weinen anfingen, was ein entsetzlicher Anblick war, da diese Leute sonst so hart und verwittert aussahen wie die grauen Steinfiguren vor einem Kirchenportal – und jetzt schossen Tränen aus den stieren Steinaugen, und sie schluchzten wie die Kinder.

Der Mond sah dabei so melancholisch aus seinen Nebelschleiern am sternlosen Himmel, daß der kleinen Lauscherin das Herz brechen wollte vor Mitleid. Besonders rührte sie der Kummer eines kleinen alten Mannes, der heftiger als die anderen weinte und so laut jammerte, daß sie ganz gut einige seiner Worte vernahm – er rief unaufhörlich: „O Gott! o Gott! das Unglück dauert schon so lange, das kann eine menschliche Seele nicht länger tragen. O Gott, du bist ungerecht, ja ungerecht." – Seine Genossen schienen ihn nur mit großer Mühe beschwichtigen zu können.

Endlich erhob sich wieder die Versammlung von ihren Sitzen, sie warfen ihre roten Mäntel ab, und jeder sein Richtschwert unterm Arme haltend, je zwei und zwei begaben sie sich hinter einen Baum, wo schon ein eiserner Spaten bereitstand, und mit diesem Spaten schaufelte einer von ihnen in wenigen Augenblicken eine tiefe Grube. Jetzt trat Sefchens Großvater heran, welcher seinen roten Mantel nicht wie die anderen abgelegt hatte, und langte darunter ein weißes Paket hervor, welches sehr schmal, aber über eine Brabanter Elle lang sein mochte und mit einem Bettlaken umwickelt war; er legte dasselbe sorgsam in die offene Grube, die er mit großer Hast wieder zudeckte.

Das arme Sefchen konnte es in seinem Versteck nicht länger aushalten; bei dem Anblick jenes geheimnisvollen Begräbnisses sträubten sich ihre Haare, das arme Kind trieb die Seelenangst von dannen, sie eilte in ihr Schlafkämmerlein, barg sich unter die Decke und schlief ein.

Am anderen Morgen erschien dem Sefchen alles wie ein Traum, aber da sie hinter dem bekannten Baum den aufgefrischten Boden sah, merkte sie wohl, daß alles Wirklichkeit war. Sie grübelte lange darüber nach, was dort wohl vergraben sein mochte: ein Kind? ein Tier? ein Schatz? – sie sagte aber niemandem ein Sterbenswort von dem nächtlichen Begebnis, und da die Jahre vergingen, trat dasselbe in den Hintergrund ihres Gedächtnisses.

Erst fünf Jahre später, als der Großvater gestorben und die Göcherin ankam, um das Mädchen nach Düsseldorf abzuholen, wagte dasselbe der Muhme ihr Herz zu öffnen. Diese aber war über die seltsame Geschichte weder erschrocken noch verwundert, sondern höchlich erfreut, und sie sagte, daß weder ein Kind noch eine Katze, noch ein Schatz in der Grube verborgen läge, wohl aber das alte Richtschwert des Großvaters, womit derselbe hundert armen Sündern den Kopf abgeschlagen habe. Nun sei es aber Brauch und Sitte der Scharfrichter, daß sie ein Schwert, womit hundertmal das hochnotpeinliche Amt verrichtet worden, nicht länger behalten oder gar benutzen; denn ein solches Richtschwert sei nicht wie andere Schwerter, es habe mit der Zeit ein heimliches Bewußtsein bekommen und bedürfe am Ende der Ruhe im Grabe wie ein Mensch.

Auch werden solche Schwerter, meinen viele, durch das viele Blutvergießen zuletzt grausam und sie lechzen manchmal nach Blut, und oft um Mitternacht könne man deutlich hören, wie sie im Schranke, wo sie aufgehenkt sind, leidenschaftlich rasseln und rumoren; ja, einige werden so tückisch und boshaft ganz wie unsereins und betören den Unglücklichen, der sie in Händen hat, so sehr, daß er die besten Freunde damit verwundet. So habe mal in der Göcherin eigenen Familie ein Bruder den andern mit einem solchen Schwerte erstochen.

Nichtsdestoweniger gestand die Göcherin, daß man mit einem solchen Hundertmordschwert die kostbarsten Zauberstücke verrichten könne, und noch in derselben Nacht hatte sie nichts Eiligeres zu tun, als an dem bezeichneten Baum das verscharrte Richtschwert auszugraben, und sie verwahrte es seitdem unter anderem Zaubergeräte in ihrer Rumpelkammer.

Als sie einst nicht zu Hause war, bat ich Sefchen, mir jene Kuriosität zu zeigen. Sie ließ sich nicht lange bitten, ging in die besagte Kammer und trat gleich darauf hervor mit einem ungeheuren Schwerte, das sie trotz ihrer schmächtigen Arme sehr kräftig schwang, während sie schalkhaft drohend die Worte sang:

„Willst du küssen das blanke Schwert,

Das der liebe Gott beschert?"

Ich antwortete darauf in derselben Tonart: „Ich will nicht küssen das blanke Schwert – ich will das rote Sefchen küssen!" und da sie sich aus Furcht, mich mit dem fatalen Stahl zu verletzen, nicht zur Gegenwehr setzen konnte, mußte sie es geschehen lassen, daß ich mit großer Herzhaftigkeit die feinen Hüften umschlang und die trutzigen Lippen küßte. Ja, trotz dem Richtschwert, womit schon hundert arme Schelme geköpft worden, und trotz der Infamia, womit jede Berührung des unehrlichen Geschlechtes jeden behaftet, küßte ich die schöne Scharfrichterstochter.

Ich küßte sie nicht bloß aus zärtlicher Neigung, sondern auch aus Hohn gegen die alte Gesellschaft und alle ihre dunklen Vorurteile, und in diesem Augenblicke loderten in mir auf die ersten Flammen jener zwei Passionen, welchen mein späteres Leben gewidmet blieb: die Liebe für schöne Frauen und die

Liebe für die Französische Revolution, den modernen furor francese, wovon auch ich ergriffen ward im Kampf mit den Landsknechten des Mittelalters.

Ich will meine Liebe für Josepha nicht näher beschreiben. Soviel aber will ich gestehen, daß sie doch nur ein Präludium war, welches den großen Tragödien meiner reiferen Periode voranging. So schwärmt Romeo erst für Rosalinde, ehe er seine Julia sieht.

In der Liebe gibt es ebenfalls, wie in der römisch-katholischen Religion, ein provisorisches Fegfeuer, in welchem man sich erst an das Gebratenwerden gewöhnen soll, ehe man in die wirkliche ewige Hölle gerät.

Hölle? Darf man der Liebe mit solcher Unart erwähnen? Nun, wenn ihr wollt, will ich sie auch mit dem Himmel vergleichen. Leider ist in der Liebe nie genau zu ermitteln, wo sie anfängt, mit der Hölle oder mit dem Himmel die größte Ähnlichkeit zu bieten, so wie man auch nicht weiß, ob nicht die Engel, die uns darin begegnen, etwa verkappte Teufel sind, oder ob die Teufel dort nicht manchmal verkappte Engel sein mögen.

Aufrichtig gesagt: welche schreckliche Krankheit ist die Frauenliebe! Da hilft keine Inokulation, wie wir leider gesehen. Sehr gescheute und erfahrene Ärzte raten zu Ortsveränderung und meinen, mit der Entfernung von der Zauberin zerreiße auch der Zauber. Das Prinzip der Homöopathie, wo das Weib uns heilet von dem Weibe, ist vielleicht das probateste.

Soviel wirst du gemerkt haben, teurer Leser, daß die Inokulation der Liebe, welche meine Mutter in meiner Kindheit versuchte, keinen günstigen Erfolg hatte. Es stand geschrieben, daß ich von dem großen Übel, den Pocken des Herzens, stärker als andere Sterbliche heimgesucht werden sollte, und mein Herz trägt die schlechtvernarbten Spuren in so reichlicher Fülle, daß es aussieht wie die Gipsmaske des Mirabeau oder wie die Fassade des Palais Mazarin nach den glorreichen Juliustagen oder gar wie die Reputation der größten tragischen Künstlerin.

Gibt es aber gar kein Heilmittel gegen das fatale Gebreste? Jüngst meinte ein Psychologe man könnte dasselbe bewältigen, wenn man gleich im Beginn des Ausbruchs einige geeignete Mittel anwende. Diese Vorschrift mahnt jedoch an das alte naive Gebetbuch, welches Gebete für alle Unglücksfälle, womit der Mensch bedroht ist, und unter anderen ein mehrere Seiten langes Gebet enthält, das der Schieferdecker abbeten solle, sobald er sich vom Schwindel ergriffen fühle und in Gefahr sei, vom Dache herabzufallen.

Ebenso töricht ist es, wenn man einem Liebeskranken anrät, den Anblick seiner Schönen zu fliehen und sich in der Einsamkeit an der Brust der Natur Genesung zu suchen. Ach, an dieser grünen Brust wird er nur Langeweile finden, und es wäre ratsamer, daß er, wenn nicht alle seine Energie erloschen, an ganz anderen und sehr weißen Brüsten wo nicht Ruhe, so doch heilsame Unruhe suchte; denn das wirksamste Gegengift gegen die Weiber sind die Weiber; freilich hieße das, den Satan durch Beelzebub bannen, und dann ist in solchem Falle die Medizin oft noch verderblicher als die Krankheit. Aber es ist immer eine Chance, und in trostlosen Liebeszuständen ist der Wechsel der Inamorata gewiß das Ratsamste, und mein Vater dürfte auch hier mit Recht sagen: jetzt muß man ein neues Fäßchen anstechen.

Ja, laßt uns zu meinem lieben Vater zurückkehren, dem irgendeine mildtätige alte Weiberseele meinen öfteren Besuch bei der Göcherin und meine Neigung für das rote Sefchen denunziert hatte. Diese Denunziationen hatten jedoch keine andere Folge, als meinem Vater Gelegenheit zu geben, seine liebenswürdige Höflichkeit zu bekunden. Denn Sefchen sagte mir bald, ein sehr vornehmer und gepuderter Mann in Begleitung eines andern sei ihr auf der Promenade begegnet, und als ihm sein Begleiter einige Worte zugeflüstert, habe er sie freundlich angesehen und im Vorbeigehen grüßend seinen Hut vor ihr abgezogen.

Nach der näheren Beschreibung erkannte ich in dem grüßenden Manne meinen lieben gütigen Vater.

Nicht dieselbe Nachsicht zeigte er, als man ihm einige irreligiöse Spöttereien, die mir entschlüpft, hinterbrachte. Man hatte mich der Gottesleugnung angeklagt, und mein Vater hielt mir deswegen eine Standrede, die längste, die er wohl je gehalten und die folgendermaßen lautete: „Lieber Sohn! Deine Mutter läßt dich beim Rektor Schallmeyer Philosophie studieren. Das ist ihre Sache. Ich, meinesteils, liebe nicht die

Philosophie, denn sie ist lauter Aberglauben, und ich bin Kaufmann und habe meinen Kopf nötig für mein Geschäft. Du kannst Philosoph sein, soviel du willst, aber ich bitte dich, sage nicht öffentlich, was du denkst, denn du würdest mir im Geschäft schaden, wenn meine Kunden erführen, daß ich einen Sohn habe, der nicht an Gott glaubt, besonders die Juden würden keine Velveteens mehr bei mir kaufen und sind ehrliche Leute, zahlen prompt und haben auch recht, an der Religion zu halten. Ich bin dein Vater und also älter als du und dadurch auch erfahrener; du darfst mir also aufs Wort glauben, wenn ich mir erlaube, dir zu sagen, daß der Atheismus eine große Sünde ist."

CPSIA information can be obtained
at www.ICGtesting.com
Printed in the USA
LVHW060751251022
731487LV00010B/742

9 783966 378444